種日子的人

文字・攝影 陳慶祐

推薦語

現代的農業，精神必須復古，技術必須現代化，承襲傳統，例如恢復使用堆肥。但一般文化人對農村生活雖抱持浪漫想像，若真正從想像到實踐，往往有非常大的落差；因為，農村生活不只是流汗、勞動，還得克服技術難題，面對土地時拿出真正的實力；與此同時，仍要保有對土地的情感、維持原本的信念，直面真正的生活……凡此種種，都是極大的挑戰。正因我長期關注農業、土地與友善耕作，知道箇中艱辛，所以非常佩服慶祐的親身投入，並詳實記錄，期許《種日子的人》能帶動更多人加入這樣的生活，更懂得愛這塊土地。

——吳晟

和慶祐相識超過三十年。他是我的老友中，「血統」最相近的一位。我們讀同一個學校，參加同一個社團，同樣成長在熱鬧的台北東區，對於城市中心的繁華起落，分享同一種見怪不怪的眼光。

但是十年前，他忽然搬到了鄉間，成了「種日子的人」。聽著他若無其事地說著自己又收成了幾十個瓜、搬了幾百包土、種下了千來棵樹，我瞠目之餘，心中有種敬畏：有多少都市人懷抱著田園夢，真正付諸行動又有多少？更不用說要能像慶祐這樣，穿梭城市與鄉村，既能下田耕作，又能用他幽默與詩情兼具的文筆，把他「種日子」的奇遇與心情，寫成這樣一本動人的書，讓人邊讀邊笑，邊對未來生出美麗的想像。

其實我們每個人每天都在種日子，只是有人把日子種得井然有序，有人把日子種得雜草叢生。慶祐的日子從舊屋廢園開始，墾荒、翻土、引水、施肥……每一步都認真投入。時光飛去，他的日子已蔚然成林。不只他在其中安身立命，身為他的讀者，雖然自己的日子種得東倒西歪，竟也可以透過他的書寫，在他的森林邊乘涼片刻，沉澱生活。這是環保，也是實實在在的功德。《種日子的人》，推薦給需要停下來，喘口氣，想想自己接下來該往哪去的人。

——侯季然

想當年在現代文學課堂上，慶祐繳交的第一篇習作，就讓我眼睛一亮，印象深刻：「這是說故事的天生好手啊。」多年之後捧讀他的書，依然驚喜，停不下來。

這不只是十年的日記，更是拓印鐫刻在土地上的生命留痕。慶祐和農夫謙卑的學習與大地共生，並領會著來來去去的相遇、停留和消逝，情感，始終是最貴重的價值。農夫擅長栽種與養殖，慶祐則是一個築夢人。田園生活的挫折與甜美，失落與盼望，都是一次又一次的和解、療癒。

抱起一顆白居易（南瓜），他的指掌沾滿泥土；他的胸懷裡全是詩意。

——張曼娟

好歹我也種過菜，這本書，卻把我讀得滿眼金星，心醉神馳。哇太強了，蘆筍茶花鹿角蕨，金魚鸚鵡蜜蜂，草木蟲魚品種繽紛，熱鬧繁榮，欸，這根本生態公園吧。

鄉居靜好，風物閑美，功力稍差者，就會寫成田園手記，最多添加村里人情，來個台版的《山居歲月》。但柚子不一樣，除了文字澄澈，寫得清爽好看，他還有一種獨特視角，能夠空拍般俯瞰體系，從外物觀照內心，在紛雜中提煉純淨，所以幽默又有禪意。

而最觸動我的，是「椿莊」的感情網絡，柚子和農夫，以及他倆的動物、鄰居、親友、孩童，相伴互助，又自由舒展，不牽絆不羈纏，人際關係也像生態系，健全自在，有機生發。書是寫出來的，柚子這本卻是長出來的，經過悠悠十年，光合充足，飽吸雨露，因為有機無心，格外精壯結實，好喜歡。

——蔡珠兒

推薦序

在嬰兒藍的天空下

陳雨航

這是陳慶祐的「鄉村生活圖景」。

鄉村生活得從認識土地開始。他十八歲時學到人生重要一課：所有長在土裡的，都要理直氣壯地活著——水牛、稻米、香蕉、玉蘭花。勇敢的人們也應該長在土裡，理直氣壯。

他和一起生活的「農夫」（從小在鄉下長大，其實是上班族），採取了自然農法，有機耕作，不用農藥，不用除草劑，開始種植花樹果蔬。同時，和土地一起買來的房子，只保留了原結構，也開始了一步步的建造，往他們心目中的「綠色庇護所」前進。

追求田園生活，在碧藍天空，熙日和風，婆娑樹影，想像的浪漫或寧靜安適之前，得先面臨失望挫折，汗水勞動，旁逸斜出的失序和等待。在都市裡成長與工作多年的他固然與鄰人有一些處世與想法上的扞格，卻也承受了更多的溫情，讓他時時刻刻記住：「我不住托斯卡尼，也不住普羅旺斯，我住在台灣鄉下。」

不讓歲月流失，不讓生活空白，好玩的辛苦的，他們幾乎什麼都碰。陳慶祐努力兼做一個記錄者，用他嫻熟的文字和影像寫下日記，摘選而成《種日子的人》，為迄今仍在進行的鄉村生活留下印記。他們田園生活的重要元素是種植，因而這本「十年記」頗有植物記的趣味。他們的種植似乎未有經濟作物的規模，也還是有超出自家需求甚多的蔬果收穫。十年下來，種出了許多種類的蔬果：南瓜、蘿蔔、甘藍菜、高麗菜、秋葵、芥藍、芥菜、洋蔥、日本大蔥、櫛瓜……有的多到需要醃製。

除了前屋主留下的玉蘭花樹，他們還種植楓樹、槭樹、松樹、姬柿、香蕉、茶花、含笑、扶桑、咖啡樹……

農夫與作者在情感與生活相扶持，也是部分作者筆下豐富多采篇章的要角。當作者發現自家草莓長成愛心形狀而欣喜時，農夫卻指出那是授粉不全，果實果然有空洞。農夫種樹種花都是「豪氣萬千」（大手筆啦）。茶花很快就栽植超出了千株，品種多樣，宛如舞孃裙襬名喚「黑貓」的山茶花之外，還有名喚「黑魔法」、「文成公主」、「上海小姐」等等的群芳。他養金絲雀，養一隻比一隻大型的鸚鵡，養金魚、錦鯉，都不是淺嘗即止。農夫如此的大開大闔，帶來無限歡樂亮點，讓讀者如我心嚮往之。

鄉村生活有兩隻狗的參與。作者與農夫視為親人的愛犬使生活增色，但牠們終不免的凋零也帶來哀傷。人與狗的故事很牽動人心，也是人類心靈強度的試煉，或許作者說的學習說再見能夠寬慰一二。

鄉居生活或者說作者現下的生命狀態並非沒有困頓，但他學習到「時間不只為了交換金錢，也可以交換其他更重要的東西。比如說：那片嬰兒藍天空、棉花糖雲朵……」於是作者在他的家園晴耕雨讀，日曬勞動，除草，扛重物，做瑜伽，做飯煮菜，製作甜點（別忘了他寫過《禮拜三的糕餅課》和《頂級法式時尚甜點》），養蜂，種香菇，醃蘿蔔醃芥菜，綁竹掃把綁芒草掃帚，餵食鸚鵡，幫狗洗澡，帶狗出外散步看牠們在廣闊的大地上奔跑，了解蜻蜓是怎麼羽化，南瓜又是怎樣在野地求生……他還觀察鬥魚交配的詳細過程，一步步與人類的求偶行為對應，好不傳神。

身在台灣鄉下，過去的世緣常浮心頭，這裡有鄉村生活的經歷，也有生命途程的亮光與暗影，「往事與記憶也是土壤」。或許可以說《種日子的人》是彩度光亮寫實接地的山居歲月。

二十年前，我還在出版社工作時，曾經與作家張曼娟主持的「紫石作坊」有過堪稱成功的合作。合作的一個部分是「張曼娟藏詩卷」；另一個部分則是紫石年輕作家的個人創作，這些陸續出版的作品成為「麥田新世代」系列的主力。

兩個系列都由紫石企畫和編輯，包含定稿、封面和插圖等等，當時代表紫石經常出入出版社與對應的責任編輯商談的就是陳慶祐和詹雅蘭（他們同時也是「麥田新世代」的作者）。我對他們勤懇任事的身影和書籍展現的成績留下深刻的印象。

一別二十年，我與慶祐未嘗見面，倒是前幾年在臉書重逢，斷續看到他在田地裡的浮光掠影，一點心境。如今讀了《種日子的人》，我知曉已是（近？）中年的慶祐在看似浪漫的敘述裡有著實踐的堅毅，而他種植的每個日子裡也相伴著樂觀豁達的生活哲學：「開車很好，坐車也很好；快一點很好，慢一點也很好。人生啊，知道自己要去哪裡，就很好。」

「此生逆旅，心在的地方就是家。」

「免驚。攏好。」

願我們都能。

二〇二〇年九月

輯一

未來向我走來

藤椅上的田園夢

後來想想，我的田園生活，是從藤椅上開始的。

那年和農夫一起去日本旅行，住在湖畔一家民宿裡。那時候好窮，只能住提供咖哩飯當晚餐的民宿；可那時候也好富有，攜手共遊，隨處都是粉紅泡泡。

民宿藤椅上，散落幾本雜誌，大大漢字寫著「自給自足」，我隨意翻著，也不真看懂，卻被深深吸引。

那應該就是我人生河道轉折處，一道光照進渾然不覺的後腦勺，有個天使輕輕地說：「嗨，你來了。」

回到家裡坐的也是藤椅，我開始瘋狂追逐日本台「自給自足的生活」節目——或許厭世、或許入世的日本人，到一個偏鄉僻壤，開墾度日。有些人養雞種菜，獲取剛剛好的營生；有些人從此不再使用金錢了，左派而自由。

「我們去過那樣的生活，好不好？」我問農夫。

農夫看我彷彿瘋癲了，不斷搖頭說：「你怎麼可能過那種生活？」

他是鄉下孩子，這些對他是日常；我則一生在城市裡，與其說去生活，不如說去實踐理念。

雙魚的他拗不過摩羯的我，我們的日子開始有些改變。

比如說：我不再趕影展、甚至不再看甫上檔電影了；我們也減少上餐廳、去便利商店的習慣。

一點一滴把錢存下來，為了一個懵懵懂懂的共同目標。

比如說：我們開始在網路上搜集資料，甚至假日開車到處看地，最南到屏東、最北到金山萬里，心裡有一只天秤評估著我們的能力究竟能買下怎樣的夢想？

比如說：農夫開始等待調職機會，我也搜尋離開正職工作後的可能性。我們都得要繼續工作，半農半X是我們的計畫。

一次和好友們島內旅遊的時候，我們首次公布了計畫；有些朋友憂心忡忡，有些朋友樂見其成。

「慶祐，你真的不像可以過這樣生活的人耶。」閨蜜問我：「你不怕蟲嗎？」

我看起來應該像是會怕的人吧？但是，我還真的不怕。舉凡老鼠、蟑螂、蛇、蜜蜂、螞蟻等小動物，沒有想要捧在手裡把玩，也不覺得他們是敵人，大家都是頂天立地、掙口飯吃，如此而已。

夢想一旦說了出口，便有幾分落實。我為當時工作的週刊寫了一篇「島內出走」報導，寫高鐵一日生活圈帶給退休的新定義，也藉此機會把全台農地價格、生活花銷做了分析；再加上農夫調職及我接案一起畫出了經緯，新竹，是當時最有可能的地方。

二〇〇九年秋天，農夫調職去新竹，我在晨霧裊裊台北街頭送他和兩個小狗一起離開，成了我人生最淒美的一幕。

二〇一〇年春天，等農夫工作穩定了，我也離開正職工作，去上瑜伽師資班。

一開始，我們在城鎮邊陲租了一幢透天厝暫住；三層樓一百多坪的房子，租金只要台北雅房的價格。好友特別送了我們一顆藤椅球，讓我放在窗邊，俯瞰無盡的稻浪。

整個夏天秋天，我都抱著狗坐在藤椅球裡看著窗外，想著：究竟會有怎樣的未來向我走來？

所有長在土裡的，都要理直氣壯活著

關於土地，我其實認識不多。

我出生嘉南平原，可父系家族與母系家族都在城市裡生活，沒有農業社會的基因。

幼稚園時，因為爸爸的事業舉家搬遷到台北，離泥土更遠了。我們住進高樓大廈裡，所謂「自然」，只剩太陽和月亮，連星星都很少看到……

第一次被土地召喚，是五專時聆聽的一場演講。

「課本上都寫『春耕、夏耘、秋收、冬藏』，你們參與過嗎？」民間美術創辦人呂秀蘭說：「啊真的是這樣嗎？」

台下的我被一道真實重重撞擊。出生台灣稻米之鄉、每天吃飯，我卻不知道稻子是怎麼生長的，甚至沒有摸過土壤、種過蔬菜，這樣的人生真實嗎？

呂秀蘭是台灣手作先驅，用土裡長出的素材與智慧，自己造紙、做線裝書、版畫年曆；對我來說，她是台灣現代鄉土文學的一頁，也是文青的濫觴。

後來有機會跟呂秀蘭認識，一起在她頂樓加蓋的家裡烤肉聊天，她讓我看見什麼是堅持、什麼是扎根。也讓我在成長過程中，不時自我詰問：什麼是我的根？根系又該往哪裡伸展？

那年我十八歲，學到人生的重要一課：所有長在土裡的，都要理直氣壯活著——水牛、稻米、香蕉、玉蘭花。人也應該長在土裡，更應該理直氣壯。

後來到鄉下生活，才知道根本沒有春耕夏耘這回事——那是「中原」經驗，寶島台灣一年可以稻收兩穫，哪來四季輪轉那麼冗長？

於是，就有另一個詰問：我們的教科書為何要把中原當成現實呢？

瑜伽練習裡有句話說：「學生準備好了，老師就會出現。」我的田園夢也是這樣的。

就在我們開始全台灣找地的時候，乾妹妹的父母也因為退休決定買地蓋屋；他們選擇在觀音買下土地，我們便成為經常報到的見習生。

那是個狂風亂舞的夏天，熾熱陽光和風吹沙石一起打上皮膚，分不清楚是熱還是疼；鋪完了石板再搬樹種植，衣領上掛滿鹽結晶，我們參與了從荒地整理成家園的重要時刻，也對這樣的生活不再局限於想像。

最浪漫也最踏實的，是跟長輩學做麵食。鄉下生活買物不便，麵食是自給自足重要的一環。冷水和麵，可以擀出Q彈水餃皮；熱水燙麵，可以捏出鬆軟的包子皮。我後來常在蒸氣氤氳中感覺到幸福，那是一種從身體到靈魂的飽足感，還有家人團聚的喜悅。

當時，長輩也問過我們要不要買下隔壁土地做鄰居？優點是離台北近，但種植是我們的渴望，觀音吹得震天價響的海風會是不利因素；另外我們能力有限，買下桃園土地，就無法支付蓋屋所需。權衡之後，只能忍痛婉拒了。

幾年之後買下自己的土地，我第一件事是把地圖打開，找一條回觀音的捷徑。乾妹妹的父母也成為我們的父母，給予我們養分、支持我們的第二人生。

現在，我們還是定期回觀音探望長輩、從事農忙；那不只是另外一個家，更是我們扎根生活的老師。

「『人往高處爬，水往低處流』，」媽媽鐵青著臉說：「為什麼這麼多人想進週刊工作，你卻要辭職？那麼多人想住在台北東區，你卻要搬去鄉下？」

我在她的床緣坐了下來。

「將來妳會知道，我走在時代尖端。」我輕輕地說。

二〇一〇年，出價買地前一晚，我們的母子對話。

那是個熱呼呼的夏天，農夫約了一個年輕仲介看地，帶我提早去附近吃午餐。

「就是這個小縱谷！」我說：「這裡有土地要賣嗎？」

租下透天厝之後，農夫和我逛著逛著，找到一個家具行，我被窗外景致深深吸引。小縱谷裡，一灣溪水輕巧轉了身，兩邊都是綠油油的稻田，稻田上薄霧輕飄，還有一行白鷺上青天。

「請問，」我第一句竟然是問銷售小姐：「這裡會有土地要賣嗎？」

「都是祖先留下來的，不會有人要賣。」小姐斬釘截鐵地說。

「這裡好美喔……」

「會喔？我從小在這邊長大，不覺得有什麼特別。」

後來再看任何土地，我都在心中與小縱谷比對，除卻巫山不是雲。

「仲介跟我約在這裡，也沒說離多遠，說不定到很深山去。」熱呼呼的夏天，農夫這樣說。

不一會兒，來了兩個仲介，一個年輕憨直，一個成熟老練，我們開車從小小山坡上去，就抵達一片俯瞰縱谷的土地。

農夫第一眼看到房子，非常失望。那是堂兄弟一起蓋的連棟老屋，堂哥離開之後，兒子跟媳婦想把老平房賣了，搬去熱鬧的地方。只是，房子沒怎麼維持，環境也不整潔，院子水泥地一塊隆起、一塊下沉，後山更是荒草蔓蔓，像是被遺棄許久了。

持家的是屋主太太，她看人的眼神彷彿會在掃射之後進行分類；我對她笑著，然後知道，我被分到「可愛動物」。

「請問，我可以進屋裡看看嗎？」我對屋主太太說。

「家裡很亂，而且你有要買嗎？」她說：「你們台北人怎麼會看上我們這樣的鄉下地方？」

「我沒看過屋況，怎麼決定要不要買？」我繼續笑著。

她看我的眼神變了，我從「可愛動物」改分到「恐有威脅」。

一走進屋裡，農夫更沮喪了。那扎扎實實是幢充滿記憶的房子，孩子已經高中了，小學制服還掛在客廳天花板上，廚房爐台厚厚油垢，廁所馬賽克磁磚之間都是黑的。

爬上了二樓，看著小縱谷延展眼前，年輕仲介說起了自己的夢。

「屋主太太來找我的時候，我本來想自己買下這個房子，二樓平台就放一個浴缸，可以一邊洗澡一邊看風景。」他說：「我帶未婚妻來看，她嚇壞了，說什麼也不願意，我才把這個房子貼出來賣。」

第一個看房的科學園區退休主管，他當面跟屋主太太大砍價錢，被轟出家門；農夫和我，是第二組。

下樓之後，屋主太太不再看別人了，直盯著我。

「你有興趣嗎？」她問。

「有啊。」我說：「就看價錢。」

「真的假的？你們台北人竟然有興趣？」她繼續說：「我開的就是底價。」

我笑而不答，又被改分到「極具攻擊性」。

農夫也非常害怕，因為我立馬約仲介商談。一來是他喜歡平坦農地，這塊地層層疊疊，不是他屬意的；二來找地以來沒看過我如此明快，彷彿箭在弦上準備發射。

走進這塊土地的我不驚不喜，知曉這裡深具潛力，知曉我們可以負擔，知曉就要落地生根了。人生都是選擇而來的，那一刻，我選擇了這裡，也被這裡選擇了。

後來約弟弟再看一次土地，我家剛巧發生驚天動地的大事——弟妹妊娠高血壓愈來愈厲害，隨時有早產的危險。

手機響的時候，我以為是弟弟，沒想到是老練仲介。

「陳先生，那塊土地有另一組同事帶人看了，對方很有興趣。」他說：「是不是請你幫一個忙，出個價錢，我們開始斡旋，這樣你就有優先議價權。」

兵荒馬亂之際接到這種電話，其實哭笑不得。我想了一下，出了價錢。

「陳先生，這、這不可能……」

換老練仲介被嚇到了，畢竟我出的價錢比竹科退休主管還低。

「大哥，你不是說請我幫忙嗎？不是說出了價就可以優先斡旋嗎？」我說：「我們家人都還沒看過這塊土地，你就要我出價，會不會太強人所難？」

第二天，弟妹被新竹醫院勒令轉診，救護車一路呼嘯到台北。

手機響的時候，我以為是弟弟，結果還是老練仲介。

「陳先生，我們正要去屋主太太那裡，你真的不加一點嗎？」

「大哥，我弟妹現在正送進手術房要剖腹，小孩跟媽媽都有生命危險，我沒時間跟你來來回回。」趕往醫院的計程車上我愈說愈大聲：「對方要就要、不要就不要，是我的就是我的、不是就不是。我現在要進醫院，不會再接你電話了。」

守在手術房外，午時陽光照了進來。老練仲介沒再吵我，來了簡訊。

「恭喜陳先生，屋主太太決定依你的價格出售。」

然後，祈臻小朋友來到這個世界，提早兩個半月。土地和孩子，幾乎同時抵達我們掌心。

寶寶帶財，孩子降生時會帶自己的資糧，這塊土地，便是她帶來的。我深深相信。

我們的土地是雙魚座

「妳先生怎麼還沒來？他記得今天要簽買賣合約嗎？陳先生他們已經等好一會了。」年輕仲介走到一旁打電話給屋主太太，小聲詢問。

那個上午，農夫和我坐在仲介公司會議室裡，從來沒有出現過的屋主，簽約時刻還是沒有出現。

「他一定會來的。」老練仲介很肯定。「屋主前兩天有打電話給我，說第一個看房子那位竹科退休主管要拿現金跟他買，他問可不可以不賣你們？」

「這不可以吧！」農夫和我一聽就慌了。

「當然不可以，他們已經同意賣你們，斡旋金也拿了，」老練仲介接著說：「我跟他說，毀約就要賠你們兩倍訂金。」

緊接著，一個醉醺醺的男人姍姍走進來，我們這才見到屋主盧山真面目。

「我叫我太太不要賣，她偏要賣你們……我從來沒有同意要賣房子……」他頭低低的，聲音唯唯諾諾，有氣無力還想爭取什麼。

「家家有本難念的經，」我也不客氣了。「你們真不想賣，我們也不可能去看房子。再說這房子掛出來賣這麼久，仲介來來去去，你不會不知道吧？」

屋主搖搖晃坐下來，無言簽字蓋章，匆匆離開了。後來我才知道，他真心不想賣祖產，是太太執意要跟娘家兄弟一起蓋房子住。賣了房子以後，太太把自己和小孩戶口遷走了，獨留他在我名下的房子裡；多年之後，他才找到地方寄戶口。那又是另一則故事了。

簽約已然太怪奇，以為從此海闊天空，沒想到再跨一步，竟是無盡等待。

買賣土地要先鑑定地界，地政事務所會發信告知相鄰的地主某年某月某日要丈量土地、釐清界線。

這天，我帶著相機想記錄人生珍貴時刻，才按幾張快門，就聽見工作人員竊竊私語：「地界有誤。」

這筆土地竟然位移超過一公尺，別人的家蓋在我們土地上、我們的土地飄在灌溉溝渠上。

「誰敢拆我的房子，我就死給他看！」鄰居長輩當場吶喊。

屋主太太也慌了，直說公公留下來的都沒動過，怎麼會這樣？我拉拉農夫衣角，擔心這筆土地有蹊蹺，我們會不會被騙？兩位仲介更是憂心忡忡，一邊安撫公家單位、一邊詢問賣方，一定還有解決方法吧？

「儀器丈量就是這樣！」丈量人員說：「你們不服就去申訴，我們下午還有別的工作。」

協調之後，請工作人員先不要釘下地樁，這一天就荒唐結束了。農夫打起精神繼續交涉，我癱坐在地上看著掌心裡烏雲密布的田園夢。

幸好，兩位仲介打探同業經驗之後，提出了比較合理的解釋：從前地界鑑定數值套在現代衛星定位上可能會產生位移，只要再申請丈量一次，並套上附近所有地界資料，就可能還原誤差值。

只是，屋主太太又傳來另一個壞消息——她把地契搞丟了。

這一切更走入十里迷障了。因為地契遺失要先公告一個月，才能申請補發，然後再申請複丈土地。

我們懸著一顆心走進冬天。這一年曾經看見過光，最終卡在買賣的一半。許多不成眠的夜，農夫和我一邊討論未來的計畫，一邊研究眼前的關卡。然而，一切只能等待。

如今回想起來，那段時光讓我們一次又一次回到這塊土地上，確認這是我們真心想要、並且期待扎根的地方。也因為等待，讓我們更熟悉了這裡的陽光、氣候、坐向、鄰居。

春天之後，暫停鍵被解除了，屋主太太找到地契，複丈土地找回每塊地的位置。土地登記到名下那天，恰好是農夫生日——我們在天秤座買下了房子，直到雙魚座才完成過戶。

綠色庇護所

我大學時代，許多人畢生夢想是開一家咖啡館；中年以後，好多人退休夢想是到鄉下蓋一幢房子。這是歲月的遷徙，也是社會的改變。

只是，蓋一幢房子比開一家咖啡館更不容易——動用資金、相扣環節、接觸工班都更複雜。幸好，那時的我們傻傻的，沒怎麼掙扎就往前走，畢竟房子蓋好就好了，咖啡館卻在開門一刻才是挑戰。

念建築的朋友幫我們介紹了一位建築師，我們才知道，建築師也有地域性——在地深耕的建築師，最能掌握基地的風土條件，方能蓋出適地的房子。

那位建築師像詩人一樣，說話飄飄的，開了幾本書單，要我們想想什麼是真心想要的？

「Green Shelter 綠色庇護所」是房子原點概念。這個基地在小山坳裡，三邊被綠意環繞，我們期盼自己晴耕雨讀，也希望每個生命都有可以窩著的角落。

彼時我在週刊主跑設計線，每年報導五十幢房子，看過的更是不計其數。我明白很多屋主住在裝潢裡，就好像許多人是被衣服穿；但我理想中的房子就是個基礎舞台，跟隨歲月更迭。所以，我們沒打算蓋新房子，而是盡可能留下老屋做新規畫，包括動線、房間與功能性。我們也沒打算買太多東西，老家具、老碗盤、老家電加上朋友的贈與，實用至上，就是一種風格，這也是另一種綠建築的展現。

詩人建築師手繪了房子外觀與平面圖的模樣，我們就買單了——馬鞍式規畫，房間都不大，平放兩側，把主要坪數留給中間的公共空間；也加入了我的要求：壁爐。因為房子朝向東北，冬天迎風，燃起壁爐，可以暖和進屋的冷空氣，還可以去濕氣，讓室內更好居住。

只是，我們後來才知道，詩人建築師只畫了外觀圖與平面圖……

「你們的施作圖哩？」包工大叔初次跟我們見面，劈頭便問。

農夫和我面面相覷，不知道他在說什麼。

「我們只跟建築師見過幾面，也只有拿到這幾張圖……」我們弱弱地說。

「什麼？沒有施工圖？這傷腦筋了。」他搔了搔頭，想了想。「好吧，既然他介紹我，就我來解決問題吧。」

馬蓋先也似的包工大叔就這樣走入我們生命中，一切也更快速轉動起來。他把手繪外觀圖與平面圖套上實際尺寸，再放進電腦裡畫出實際施工圖，然後算出各種所需材料，開始發包工程。要說這幢房子是包工大叔和我們的共同創作，也不為過。

蓋房子的每一天都有解決不完的事。比如鋼構才搭好、屋頂還沒上，就下起大雨來，所有地板結構得重新來過。比如包工大叔也沒做過壁爐，以為就是搭個灶，完工才發現是造價非凡的奢華設備。

詩人建築師原本說好要監工，可只有旋風式來去兩次針對建材給建議，監工一事只好農夫全力以赴。他每天買不同點心犒賞工班，也跟他們一起切木頭、扛鋼筋，只有線條歪了、磁磚沒對齊時，他才會板起面孔請工人重新來過。

我則像是進了花叢的蜜蜂，到處都有值得珍藏的花蜜與花粉，這裡也想記錄、那裡也想明瞭。因為負責金流進出，常常要匯錢，才發現準備的錢不夠，得重回職場上班了。

於是，我回到台北跑記者會，等紅燈、寫稿子的時候遙想鄉下正在生長的房子，知道自己為什麼奮鬥，一切更踏實了。

泥作、鋼構、水電退場之後，木作與廚具進場，老屋在半年內煥然一新，堪稱奇蹟。完成那刻，也是我們人生里程碑，實踐的不只是夢想而已，也為下半生擘畫了跑道。

新居落成派對，包工大叔帶著妻子來了，還送我們壁爐擋板，看得出他對自己作品的驕傲。後來，我們成了朋友，他為女兒開咖啡館的那天，我們帶了自家茶花當賀禮一同舉杯。

至於那位詩人建築師，我們在電話裡吵了一架，我說他沒有履行職責，他說他問心無愧。完工以後，他從來沒有走進自己的作品，似乎也說明了什麼。

會說話的人很好，但榮耀應該留給會做事的人。這是蓋房子為我上的一課。

房子落成後，不只收留了我們，還招待許多客人。我們終究只是過客，願能留住青山、保持綠水，給下一代更美好的地球，這才是綠色庇護所。

鄉居主人學

「你們真的知道什麼是『有機農業』嗎？」我在餐桌上罵起客人，「『有機農業』要經過認證，誰跟你們說我們是『有機農業』？你們覺得田裡雜草很多，為什麼不去幫忙拔？這是我們想要的生活，你們憑什麼指責？」

那是一對夫妻，聽說了我們的生活，就搭共同朋友的車來作客。只是，從抵達開始，就一直問我們為什麼不除草？別人的田都井然有序，怎麼我們的如此荒煙蔓草？

我一直忍著，直到晚餐之後，妻子繼續說自己的陽台一點雜草也沒有，種什麼都長得很好，接著話鋒一轉，問我們從事有機農業怎麼能不除草？

我就爆炸了。

「我們在這裡過這樣的生活，並不需要別人的肯定，更不需要你們的批評。」我繼續說：「你們不喜歡，可以不要來。」

空氣凝結了。我知道我們不符合他們的期待，但是，究竟誰需要符合別人的期待？

因為田園生活，我們接收到許多愛。從買下土地開始，農忙時召喚一下，許多朋友義無反顧前來；蓋房子需要意見，朋友舟車勞頓來幫忙看照；想要一幅壁畫，朋友一家每年來住個幾天，為我們在牆上畫茶花。

這些年來，農夫和我除了學習鄉居，也學習當主人。

我們喜歡邀請相熟朋友來鄉下一起農耕、喝酒吃飯、住一晚；春天聞橙花香，夏天採竹筍，秋天賞茶花，冬天烤火。從事前邀請、擬定菜色、採購食材、搭配酒款、規畫行程，這些主人學都是逐年經驗的積累。

每年年底，七個家庭會一起窩在我們家跨年，還以每年一個嬰兒的速度增加人數；重頭戲是一年一次大合照，孩子成長，我們老去，枝繁葉茂。

最多人的一次是農夫家族四十七人大集合，我們搬出所有桌椅，兩個人在廚房變出各種菜色，笑語如珠蔓延了整幢房子每個角落。

或許是因為我用臉書記錄了這些點點滴滴，也開始有不熟的朋友想來參觀。比如說，有位網美信誓旦旦告訴旁人，有一天她一定會被邀請到我們家。還有職場前輩說週末想載老婆到處走走，可不可以直接開到我們家？

幸好，我擅長說：「不。」沒有懸念、理直氣壯地說：「不方便。」

這分寸其實不難拿捏，「公平」是最好的原則：對方曾邀請我們去他家嗎？我們會想去嗎？若答案是肯定的，就互相拜訪；若答案是否定的，何必為難彼此？

只是，朋友的朋友就很難防守。有個朋友帶來一位閨蜜，堅持穿高跟鞋下田，踩進軟泥土裡，再嬌弱無力地要身旁男人緊緊牽著自己的手。

「她還好嗎？」我問農夫。

「新烘爐、新茶壺。」農夫打趣地說：「新交的男朋友啦。」

從田裡搖曳生姿返回家中，女人看見農夫砍下的香蕉，嬌嗔地把頭埋進男人懷裡，用娃娃音說：「那香蕉，人家要。」

「沒有喔，」我立馬說：「這裡的香蕉都是我的。」

發現對方不是好客人，又何必繼續當好主人？彼此早早放生吧。

還有些朋友遠觀是同路人，近看才知曉道途不同。

我們家鍋碗瓢盆都是倉促成軍，並且用到不能用為止，我們以為這是愛物惜物。

「我們都只邀六位或八位朋友到家裡吃飯，」一對朋友看著我們餐桌上各自為政的餐具說：「因為櫥櫃裡一組碗盤六個，另一組八個。」

我瞠目結舌了。碗盤不就是為了用來吃喝嗎？生活可以形式主義如斯，我這實用主義者真是甘拜下風。

人間每場相遇當然都希望賓主盡歡，但我也無法為了他人的滿意而失去自己的模樣。

畫家歐姬芙（Georgia Totto O'Keeffe）晚年隱居沙漠，某天，一群年輕學生費盡千辛萬苦，從紐約抵達了新墨西哥州，激動地敲了歐姬芙的門，說要見她一面。

歐姬芙把門打開了，冷冷地說：「這是我的正面。」轉過身去，說：「這是我的背面。」便把門關上了。

這就是我主人學的典範。

輯二

時間及其心地

二〇一〇

OM是一個橡皮擦

三月十日

三月底離開現在的工作，四月閉關上瑜伽師資班，五月開始為自己工作。

三月十五日

早上在新埔等公車，旁邊一位阿嬤和我說著聽不懂的客家話，然後轉慢火車回台北，一路上搖搖晃晃，經過許多不知名的小站。這樣的早晨，像某段在日本的旅程……

三月三十一日

把桌子理好，檔案備份，就要離開這個停泊三年的工作。那些灰飛煙滅的，不只刪去的檔案，還有再也回不來的努力為這裡工作的態度。離開艋舺之前，去龍山寺上香，謝謝觀世音菩薩一路以來的照顧。然後坐上捷運，奔向另一段前程。

四月三十日

趁著瑜伽師資班休假，去新埔小住。兩小狗對於新環境似乎已經適應，許久沒看到我，撒嬌一整天。閒適的鄉村生活果然有療癒功用，一整天花在與小狗相伴、睡覺與煮食。稻田間的陽光與微風都是甜的，黃昏以後，和小狗一起散步到關西營區，即將放假的阿兵哥邊喊口號邊跑步，我在最後一抹夕陽裡坐上高鐵返回台北。

七月二十九日

一早去田裡澆水除草，再去資材行買肥料，回家睡個午覺等日頭下山，然後就要再去田裡播種與澆水，這就是在新埔當農夫的一日生活。

八月三日

聽說台北很熱吧？新竹的風倒是微微地吹。拂過剛收割的田，吹進我們家裡面。不過外面太陽還真烈呀，站在門口等站牌的學生與阿兵哥，都流著涔涔汗水，像是剛從泳池走出來……

八月二十二日

新埔住處對面是一家打鐵店，每天清晨不到七點就傳來撞擊鐵器的尖銳聲響，而且直竄進我們屋子裡，一開始很氣急敗壞，每每想去跟老鐵匠說：「請晚點開工。」後來才知道那是附近種田鄰居們修農具的地方，若是老鐵匠晚開工，鄰居就不能忙農務了。我們只好準備了耳塞，或乾脆早早起床，一起下田去……

八月二十四日

新埔的中元節。到了夕陽西下之後，家家戶戶在門前擺桌，並在地上插香替好兄弟照亮路途，一時間，整條馬路如一條燃亮的銀河，還會此起彼落點放整串鞭炮。混合著燒紙錢的煙霧，讓整個小鎮彷如在雲端。

九月二十二日

昨天上瑜伽課，Lynn 老師說，未來永遠不會來，我們能把握的只有當下，上課前的 OM 就是一個橡皮擦，抹去了過去，抹去了未來，只有此時此刻的呼吸與自己。

十月二十四日

新埔的二期稻作又到了結實纍纍的時節。帶著小狗走在河堤上，看著堤邊稻田被風吹拂低了頭，這尋常又平實的美景真讓我看不厭倦。這幢暫租的房子與這片景致所給予我們的，遠遠超過最初的想像。

十二月三十一日

即將過去的二〇一〇呀，謝謝你賜予我人生許多轉彎——離開了職場、完成了瑜伽師資班、搬到了鄉下、還添了一個可愛的侄女。對於這些握在手中的，我努力珍惜；對於那些一路上遺失的，我虛心領會。倒數之前，我看著祈臻寶寶的睡姿與笑容，相信明天會更豐富美滿。祝福身邊所有朋友，在新的一年裡，可以日日睡得如寶寶一樣香甜。

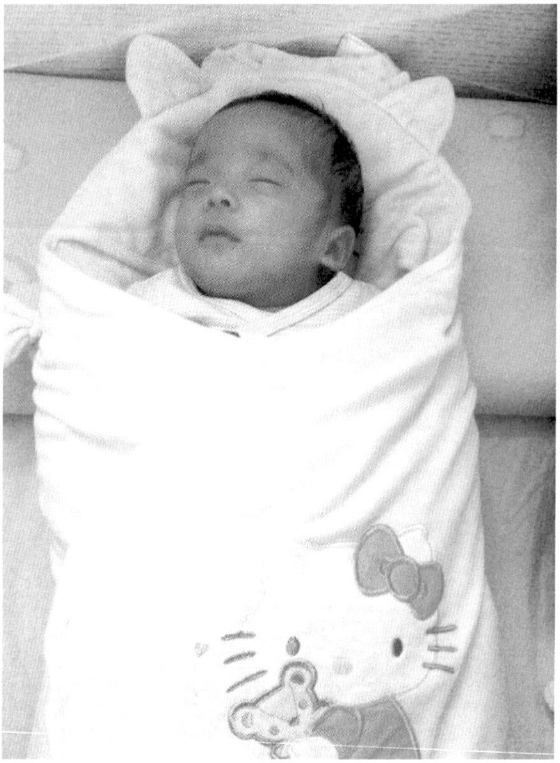

二〇一一
我們的房子開始動工了

一月三日

寒流中的新埔還真冷，夜裡要睡了，才發現記憶枕被凍成了石頭一般的硬。

昨天趁著太陽下山之前帶小狗出門散步，看見一位少年不畏寒冷走進小溪中，應該是要設陷阱捕魚吧？只見他在溪中忙碌一陣，然後在堤防上坐著等待。夕陽光好美，打在少年的快樂上，我們在溪的兩岸對眼相望，點頭微笑。

一月十三日

今天上瑜伽課，Lynn 老師說，追求性靈學習之前，應該先做好三件事——第一，煮飯給自己吃；第二，整理自身環境；第三，懂得如何種植。

我可以做到、並身體力行第一和第三項，至於第二項，唉，還得再修練……

二月四日

大年初二，和平常一樣帶小狗到河堤上散步，陽光照在油菜花田上，蝴蝶翩翩飛起。一個小黑狗橫過金黃色田野向 Brownie 叫囂，三個小狗在河堤上下對望，我拿起手機拍下這燦爛的瞬間。

二月五日

大年初三，開工下田，有幾顆包心白菜已經開花了，所有菜瓣綻開如牡丹，簇擁著彷如伯利恆之星的花蕊，是我從來沒看過的花樣。

三月七日

住在客家村裡，才知道客家人是農曆年過完就開始掃墓，一直到清明之前。

於是假日的新埔小鎮多了許多人潮，路邊墓地也撒了各色的紙，還昇起一縷又一縷的煙……

四月二十五日

鄰居走到我們院子來散步，驚訝地問道：「這是什麼花？怎麼這麼美？」

是繡球在開花了。當初構思香草花園入口處該種什麼時，我心中浮現的就是繡球。

那年一個人旅行，在京都哲學之道看見遍地繡球花團錦簇，心中著實震懾；日本人將之喚做「紫陽花」，並做為季節入夏的表徵。而我挑繡球來站第一個角落，是因為她們可以勇敢也可以溫柔——看似嬌柔無力，但她們可是可長可久的灌木呀，會一直守著入園處、守著香草花園。

朋友們和我一起種繡球，我們將紅繡球、藍繡球和小繡球一同種落地，某種程度也將我們的個性隱喻在自己的花裡了。

四月二十九日

練瑜伽並不會使人變得高尚，尤其是當你自以為比別人優越時，你就創造出了人我藩籬，忘記實相一切都是至上意識的化身，也背離了八肢功法中最基本的內在與外在修持。

我們修行瑜伽，是為了讓心變得更寬廣也更柔軟，擁抱與我們同在道途上的人，也擁抱恰巧不走在一起的人。Om namah shivaya。

五月三日

第一朵西瓜母花開了，仔細看花朵下方，就有一顆小西瓜了。

真正在田裡生活後，對季節的敏銳度更細微了——該此時種下的，就不合適上個月或下一旬；該那天綻放的，早一日晚一日都不會掀起頭紗。

而人生大抵亦如是。

五月八日

母親節，田裡第一批小黃瓜也恰好可以收成了。這是一位當媽媽的朋友帶著她進入青春期的兒子，在三月天種下的；然後黃瓜慢慢茁壯，另一批朋友幫忙進林子砍竹子，讓黃瓜得以攀爬。這塊土地何其有幸，不同的人用不同方式幫助我們，讓這裡一點一滴，改變得愈來愈美好。今晚打算把黃瓜洗淨之後，沾上主廚好友手作凱撒醬，好好享用土地與朋友們的恩賜。

五月十六日

我們的田常常跑來各式各樣的動物朋友——天上有比翼雙飛的鷹、草中有準備產卵的蛙、盆裡有蜷曲睡眠的蛇……

每次我一說到這裡，朋友們便傳出尖叫聲、或露出嫌惡表情。對呀，我們的田有蛇，而且他們比我們先到，他們才是這片土地的原住民之一；做為後到的人，我們尊重他們的生存空間，只是請他們稍稍往山裡去，大家相安無事就好。

我們期望這塊田有自然的食物鏈與生物多樣性，我們只是恰巧在人類邏輯中擁有了這裡，不代表要把樹和草砍光、動物全除盡；能和這一隅自然平起平坐、彼此尊重，才是我們期待的家園。

五月十九日

我還在想：怎麼今天蝴蝶飛舞的姿勢都卡卡的？然後定睛一看，我身邊的蝴蝶都不是只有一對翅膀呀。

喔，是春天的緣故，灌木叢成了他們集體交尾的野戰區，一對又一對翅膀相互依偎，是寧靜的、也是銷魂的，是歡愉的、也是專注的。我靠得近近的，看著他們的眼睛，他們彷彿也在看著我，卻又不受打擾地繼續溫存著。

忽然來了一陣風，上位蝴蝶拍著翅膀挾帶著下位蝴蝶；下位蝴蝶彷彿還在高潮裡，失神地隨他去到世界任何一個角落……

春天已然最繁盛了。

六月四日

又進入長毛狗最辛苦的炎熱季節，農夫上週就替 Brownie 整理他的毛衣，剪成帥勁模樣。

因為不喜歡許多狗店對待小狗的方式，也因為許多小狗剪了毛容易自卑，所以我們家小狗從洗澡、理毛、清耳朵都在自家完成。為了讓 Brownie 剪了毛一樣感覺有公狗威嚴而不會自卑，農夫自行設計了獅王造型，留住 Brownie 自己看得到的頸圍及尾巴，只將身上的毛剪得薄薄的，而長與短之間還要有一個漸層的過渡；最重要的是，農夫只用一把剪刀、一根梳子就完成了，只能說他們家開過理髮廳，真是家學淵源呀。

溫馴的 Brownie 常在理毛時站著打瞌睡，但他挺愛剪毛的，可能是因為可以脫下毛衣、身形也小一圈，讓他開心不已。

六月十八日

夕陽光打上了鳳梨釋迦的葉子，我看見這蟬褪下的薄殼閃著金光；它的主人應該是歷經一番苦痛才脫下殼來，那殼如一件緊身衣描繪出身子每個部位，就連眼珠、觸鬚、腳毛都一五一十地呈現。我站在薄殼旁邊聆聽，想知道哪隻鳴唱的蟬兒是它的主人，一抬頭，柚子樹上、橘子樹上都有好多薄殼閃耀著，難怪蟬聲大得刺耳。

六月二十四日

我們的梅樹盆栽裡竟然出現一個小家庭？一想起來就覺得好甜蜜浪漫呀，只見這二隻蜂守著小小的巢穴，往往只離開一下下，就急忙趕回家相守。

我把鏡頭拉近他們的這一刻，他們竟然一起抬頭看我，讓人不寒而慄呀！然而，一個星期過去了，守巢穴的蜂從二隻變成四隻，我們查了一下發現，這是虎頭蜂的一種，傷人能力不低；商量

過後，我們決定請他們搬家了。

我們做好全副武裝，一邊用強力水柱阻止虎頭蜂飛向我們，一邊拿夾子挾走這個初初成形的小家庭，拿下來的蜂巢中，還有幾個就要孵化的蛹……

哎，這一刻我覺得自己像強迫都市更新的黑心資本家，拔去了不肯搬遷的釘子戶……

七月三日

又到了一期稻子結穗的時節了，一早帶小狗散步，Brownie 跑到田梗上嬉遊，被我拍了下來。田園景致美在「閒適」，即使比肩站立，沒有一株稻子是擔憂的；陽光會循著軌跡從頭到腳照顧每一株稻子，空氣亦然，水亦然。

於是稻子開心了，遠山開心了，溪流開心了，生活其間的人與狗豈會不開心？

七月二十八日

等待已久，我們的房子終於開始動工了。

簡單儀式之後，工人開始拆去前屋主一家用了兩代的流理台，機械聲音迴盪在整間屋子裡。

親愛的老房子請放心，我們只是要修改一下內裝，等秋天之後，你會變得完全不同，而我們也可以搬進來住了。

八月四日

牆拆了，門拆了，窗拆了，老房子變得空盪盪的；光進來了，風進來了，蝴蝶蜜蜂進來了，後山綠意也照進屋裡來。等颱風過去之後，鋼構架起來，一切又是不一樣的光景了。

八月六日

在新埔上市場，小販會告訴你：這是我種的、這是我做的，你應該這樣那樣煮、這樣那樣保存；在台北上市場，小販會告訴你：這是台東來的、這是台南來的，我多早多早就去果菜市場批回來擺攤。

在新埔散步，迎面來的老夫妻、年輕農夫都會跟你點頭打招呼，還會跟你的狗擺一擺手；在台北散步，總是匆匆忙忙地錯身，偶爾還擔心你的狗會跳到我身上來。

在新埔吃小吃，老闆會問你從哪裡來？要往哪裡去？唯一那攤會罵人的是從台北搬下來的；在台北吃小吃，你只是眾多客人中的一個，你來也好不來也罷，反正都是萍水相逢。

只是呀，在新埔家中坐，鄰居就會忽地打窗前走過，要到你園子裡逛逛，因為你家我家都是大自然的家，也沒人立高牆、設欄杆的；在台北家中坐，安全感百分百，總沒人從高樓窗邊走過吧？只是無盡的噪音會來干擾生活，一波波、一波波……

八月十三日

師傅們一邊敲牆、一邊說：「這老房子好堅固，這麼耐，還可以住上好幾十年。」是呀，我們知道，所以即使鄰居一直建議拆掉重蓋，我們依然執意留住老結構。這星期開始築牆了，進了好多好多紅磚；老師傅告訴我們，這房子共會用上一萬個紅磚。謝謝這一萬個紅磚，將來擋風遮雨就靠你們了。

八月二十一日

新竹客家聚落最重要的義民節，今年輪到我們新家的幾個里主辦，這可是鄰居們十五年一次的大件事呀。週五黃昏天還沒暗，遠的近的廟宇田地忽地搭起霓虹閃亮的野台，巨大豬公也沿途鋪展如一座座山丘；小販、車流、人潮，歌仔戲、脫衣舞、電子花車，這個小縱谷以我所未曾見過的濃妝豔抹喧騰了一整夜，我坐在新家小丘上，還看得到一朵一朵煙花在眼前綻放。

第二天清早，我騎車走相同的路，直覺得一切繁華如夢似幻——街道清潔了，棚架撤走了，煙

霧散逸了，人群睡去了……只留下一個海綿寶寶的氣球掛在稻田邊的電線杆上，它在想：是該往天上去，還是 down to earth ？

八月二十七日

二〇一一年八月二十七日上午九點，鋼構正式進場了，偌大吊車、成山鋼架，伴隨颱風前寧靜詭譎的天，有種陽剛而頹廢的美麗。

八月三十一日

蓋房子期間，我們新家從荒地變工地，但無損農夫對於種植的熱忱，他依舊除草鬆土、上網買種子。種子寄來了，工地上沒幾寸地清靜，該怎麼育苗呢？農夫思索了一早上，動手將工地裡的廢板材兜上我們去要來的稻草，再加上自己砍下的竹子，竟然成了一方風格獨具的育苗地，不怕日曬雨淋，也不怕工人忽略他們的存在。農夫向來不懂設計，但這圍牆一隅儼然成為工地上最美的一角。

九月二日

從家庭菜園穿過尚未蓋頂的小豬舍往新家望去，結構快要完成了，閃亮鋼構拼出一個家的雛形，像是山谷中一處積木城堡。我們的新家，已然亭亭玉立了。

十月一日

小豬舍變身完成。原本的破瓦屋頂裝上了鐵瓦，保留下來的紅磚牆連接上花架，豬舍內的小茅廁則成為儲藏室；從此以後，豬舍不養豬，成為農機具室和農夫的園藝工作室，屋前相連的則是我的香草花園。

十月八日

小時候因為皮膚白，被外婆喚做「大白柚」，從此之後「柚子」成為親密家人與友人喚我的方式；但我從來沒想過，有一天，我會擁有幾棵柚子樹。

買下這塊地的那天，土地上的六棵柚子樹正結實纍纍，好像在對我說：「同類，你來囉，我們等你很久了。」

等待土地過戶與房子長大的這一年，六棵守在土地制高點的柚子樹是季節烽火台，特別是春日花開時節，香氣勝過法式烘焙用的橙花水，此生第一次嗅聞到那種想敞開全身毛細孔接收的清香。所以，房子的浴缸也是柚子形，泡澡時看出去，可以望見那站崗的柚子樹。至於像或不像嘛……反正柚子也沒統一長相，心中知曉泡著柚子浴缸就好。

過了中秋之後，我們一直等待採柚子的好時節，農夫在竹竿上綁上刀刃，他割我撿，只見滿地豐收。因為不用任何農藥，表皮極有個性地長了紋彩；剝開一吃，挺甜的，放久一定更細緻可口。柚子是愈陳愈香的果樹，不易開花結果，卻可以在一片土地上駐紮長久。所以我說，我們只是在人類邏輯中碰巧成為這裡的擁有者，事實上這些天地生養的萬物才是土地的主人；又或者，他們真的在這裡等待許久，六棵開花的樹。

十月十七日

一個可以烤火的壁爐，大抵就是我對新家最初始、最夢幻，卻也最實際的構想。

新家面朝東北，雖有一小片竹林和一道圍牆為我們擋住季風，但風來的時候，依然讓怕冷的我有些難挨。所以我們在進門處砌了壁爐，滿山枯枝不怕無柴可燒，挑高空間也讓煙囪成為一景，這樣啊，我們就不怕冬日嚴寒了。

十月三十日

三個月的人來人往，突然告了一段落，房子空空盪盪，用一天等待水泥地板保護膜乾去，等著裝潢工班讓它轉變成另一種樣貌。

走進新家大門看到的格局：新建築連接老結構，依序是玄關書房、客廳和餐廳。最初擬定平面圖時，就把每個房間縮小，讓公共區域加大，除了可以容納較多客人，也讓全家人可以相聚而非各自在房間，於是有了這彷彿舞台的三進格局。

看著房子一天天地不一樣起來，心中是雀躍而踏實的。走不進房子的這一天，我們砍柴、育苗、種菜，預演未來的日子。

十一月二十日

新家進入木作裝潢後，以「一暝大一吋」的速度成長，我們也加緊腳步整理庭院。

院子裡有棵三十年的玉蘭花樹，農夫曾懷疑喜歡老樹的我是因為喜歡這棵大樹才選擇這塊地；農曆年間，農夫自己上樹進行矮化，砍下來的枝幹曝曬了大半年，終於可以成柴使用了。

這幾週農夫成了伐木工人，用電鋸和斧頭整治這些木料。只見他拿起斧頭用力揮下，木頭就一分為二；我也一時興起想玩一玩，很抱歉，木是木、斧是斧，揮了幾次都無法讓它們相遇，我還是繼續當我的搬運小工吧。

十一月二十七日

二〇一一年十一月二十七日，農曆十一月初三，良辰吉日，新家舉行入厝儀式，期待已久的壁爐也在午時啟用，祈臻寶寶和第一爐火合影。

十二月十一日

昨晚第一次住在新家，新竹的風吹在窗外呼呼作響，我一個人樓上樓下欣賞風光。每扇窗、每面牆，記住它們最初的模樣。

今天搬更多東西進來，其中包括從峇里島扛回來的象神和 Shiva，以後瑜伽教室就交由祢們守護了，OM。

十二月十五日

二〇一一年十二月十五日，我們就要退掉在新埔水汴頭租的透天厝了。

去年農夫調職到新埔，三月十五日租下了這關西營區前，一百多坪四層樓的房子；房子沒有不好，只是房東挺懂算計的。不過，這房子旁邊就有溪水、河堤與稻田，讓小狗有地方可以奔跑。

謝謝這幢替我們擋風遮雨二十一個月的透天厝，我們在這裡第一次遇上南風天，日日聽著營區中的答數和打靶、夜夜聽著晚安曲。

揮一揮手，就要和這幢房子、這段日子道別離了。

十二月三十一日

二〇一一年來到最後一天了。今年，我選擇離開看得到一〇一煙火的台北的家，在新竹陪要值班的農夫。

早上一邊整理新家，一邊想著我的二〇一一年。

我依然如此幸運，有那麼多家人、好友圍繞；依然如此富足，在瑜伽道路上遇到好老師、好同學、好學生；依然如此豐收，做自己喜歡的工作、相遇人世間的美好。

我的二〇一一年最特別的事，就是這塊土地、這幢房子了，那麼就讓我在這裡安靜地獃著，看一本朋友送的書、帶小狗走一段山路吧。

二〇一二——

土地是生命，土地是道途

一月二十三日

龍年大年初一，醒在鄉下冷冽空氣裡，雨停了、地乾了，小狗開心地在院子跑來跑去。吃過早餐，想去菜園裡摘些白蘿蔔中午煮湯，看見白海芋開了兩朵，恰好供在二尊佛像前，誠心綻放。

二只豬槽、一只馬槽是我們專心找來的，古樸石磨，以前應該養就不少動物。我們在槽裡養水、養魚，夏天種荷花，冬天種海芋、鳶尾。

至於馬槽上二尊佛像，則是我從峇里島扛回來的。佛像不一定要供在桌上，祂們也可慈悲地守護任何角落；有一天，當祂們被青苔攀上了，也一樣會斂眉微笑的。

二月十二日

晴天真好，適合幫樹搬家。

買下新家之後，農夫愛上種植茶花，又是恰好的季節，滿園都是爭奇鬥豔的茶花，開到劈腿方才甘休。茶花玩進入門，要買苦茶頭來接枝才能比原生姿態婀娜，農夫看上一株苦茶，託人找地主詢價，約好今天來移植。

和弟弟三人一早出門，備好工具，先鋸下高枝，然後宛如考古學家伏在地上尋根去土；因為苦茶根也可嫁接茶花，根根都有用途。

忙了二個多小時，樹頭終於鬆動了，首肯跟我們回家，真沒浪費這樣的大好晴天。

二月二十七日

邀了瑜伽同學到新家來，大家帶了瑜伽墊一起練習，讓我的瑜伽小教室正式啟用。

設計新家時，瑜伽教室就是很重要的空間，落地窗前有接近一百八十度的山水田野風景，還有兩面鏡子牆；新家蓋好之後，只有我一個人練習時使用，好期待有人可以一起練習喔。

謝謝我的瑜伽好同學們，我們每個人帶領十分鐘，串連成一整堂課，從暖身、站姿、坐姿、手平衡與後彎，到收功，歡樂而寧靜，我沉浸在滿滿的能量裡。

三月十七日

搬到新家以後，發現我家小公主 Banana 超愛曬太陽，即使和我一樣眼睛畏光，她仍然會在陽光下的院子裡，瞇起眼睛做日光浴，或是在地上打滾把陽光的氣味沾滿身體。

看到 Banana 這樣，讓我好欣慰。我之前的小狗皮皮，是那種連土地、草地都不會趴下的矜持個性；都說什麼人養什麼狗，那現在的我應該身體舒展不少吧？應該熱愛和土地親近了吧？反而是大狗 Brownie 坐得直挺挺，像守護野公主的憨直騎士。因為毛多，Brownie 往往選擇屋簷或樹蔭下入眠，屋裡屋外一有動靜就警醒；當初搬來新家最不適應的他，現在已經知道這就是我們的家，肩負起保家衛國的重責大任了。

剛剛清了簷下集雨槽，拔完香草區的雜草，一會兒準備幫小狗們洗澡，下午去買茶花。每到週末，就過起和台北截然不同的生活吧。

三月二十五日

隔壁農場種了一棵四十至五十歲的黑松，因為園子有其他用途，把這老黑松賣給了農夫，恰好弟弟好友來訪，就被拉去一起移樹。

住了這麼久的家要換房子，老黑松很不捨吧，挖樹過程一整個艱辛。我默默跟老樹說：「農場主人急著移你，我們也算不錯的好人家，會好好愛護你的。」

樹好不容易首肯挪移了，卻因為太重我們扛不上車，只好放在拖板車慢慢拉回家。

終於在毀了一個拖板車輪子，還有好幾次跪在地上休息之後，好不容易才把樹拉回家；等到我們四人汗流浹背、臉曬得紅通通、肩膀大腿即將廢去、太陽也要落山了，才讓老黑松住進我們的園子。

四月三日

清早起來上瑜伽課，看著城市陽光灑落進十六樓教室裡，心中某些什麼被點燃了。

兩年前的這時候，我離開媒體工作，除了不遠處的瑜伽師資訓練是確定的，還有一個懵懂的鄉居夢想，其餘都是未知數。我走著篤定的步伐，心中卻微微顫抖著。然後走進這間教室，認識幾位至今引領我的老師，和一群彼此相挺的同學，我才確定這是一個正確的選擇。然後開始教瑜伽，然後真的買地蓋屋了。

此刻回首，才懂得有多少收穫——我又重回媒體工作，但生活卻徹底不同了。

我愛的鳶尾這週開花了，種在池子土中一年不施脂粉，突地展現風華，夢想的種子也大抵如是吧。

四月九日

春夜陪小狗吃飯，眼尖的農夫發現白鶴芋葉子上有隻樹蛙。

什麼是樹蛙？可不是住在樹上的青蛙，而是因為他們指端如吸盤，可以平貼枝葉和樹幹上，從英文「treefrog」直譯過來。

查了一下，這隻是日本樹蛙，體色會隨環境變化。

農夫問：「為何生活在台灣，卻叫日本樹蛙？」

我很認真地 Google，看到一行文字：「他們喜歡在溫泉裡活動。」

啊哈，原來是懂得日本泡湯文化的樹蛙啦。

四月十五日

午後和來訪的好友們散步去鄰居農場，巧遇白孔雀難得的開屏。雪白的，圓滿的，卻帶了幾分落寞——因為母孔雀不理會，因為他和其他孔雀如此不同。

其實我們住在這兒，某種程度也如白孔雀，鄰居也不太懂得我們的生活。

早上寫稿時，嗅聞一陣異味飄進窗裡，原來是鄰居在噴灑除蟲劑；農夫走出去跟他溝通，結果卻是無效的，他懶得捉蟲。而我們不是，我們清晨才去田裡把南瓜葉上的蟲一隻隻捉走，我們不用除蟲劑、除草劑，因為這是我們要吃的菜，因為小狗會去啃草，因為那些對這塊土地有害無益。

白孔雀費盡氣力開屏，卻不一定求偶成功；而我們很幸運，我們的耕作不為營生，所以可以繼續堅持。我們只能希望，有一天白孔雀也得到半邊天，更多人懂得對土地友善。

四月二十二日

站在二樓往自家田地望去，看見澳洲茶樹叢中有幾抹雪白；趕緊走近茶樹，才發現竟然開花了。

澳洲茶樹原產於澳大利亞新南威爾斯州北部，用來提煉茶樹精油，這種茶樹幼年時期很長，不到一定年歲不會開花。可這澳洲茶樹是我們去年才種下的，只是希望特殊香氣讓蚊子不飛近院子和房子；當初種了兩棵，另一棵還青蔥一片，而這棵也沒比我高多少，枝幹更是瘦如初發育的少

年，怎麼就開花了？

想來想去，唯一可能是他早在盆子裡屈就多年，一落地便努力茁壯，迎來自己的春天。

澳洲茶樹的花比流蘇細瑣，猶如柳絮，而且花苞成串，開起花來像一根根奶瓶刷。站在院子裡看上去，彷彿花園中多了一爿賣嬰兒用品的鋪子，熱鬧喧譁。

四月二十三日

其實我並不喜歡油桐花。

舉凡以「怒放」之姿取勝、容易盛開至劈腿、花瓣又薄如殘翼的花朵，都不是我的菜——因為花落殘敗如用過的衛生紙，讓人不禁想問前一個使用者怎麼不沖水？其中又以杜鵑最是象形又會意。

偏偏我住在新埔鎮上油桐花開得最美的縱谷裡，這兩天正是桐花季開鑼，人潮、車潮絡繹不絕，恍惚間以為自己回到台北；加上山歌比賽和健康操音樂強力播送，怕吵的我只好將門窗緊閉，假裝這裡安靜如昔。

下午人群散去之後，和弟弟一家偕同小狗們到自家後山無人小徑散步，只見油桐花落了整條步道一片粉帶紅，小犬 Banana 提著小腳踏上花徑還挺美的，就替她拍了照片。沒想到下一秒 Banana 竟像滑壘一般從花瓣間溜了出去，原來是步道滿布花瓣缺少摩擦力，她就在油桐落花之間仆街了。

唉，就說我不喜歡油桐花。更何況落下的都是授了粉的公花，一地上黏呼呼的，你說成何體統？

五月七日

我跟朋友說：「撒種之後的蘆筍可以生長二十年。」朋友都會露出難以置信的神情。

可以長至弱冠的菜蔬，確實不可思議吧？所以蘆筍的營養價值高，特別合適成長中的孩子吃。

我家的紫蘆筍已經是兩歲的孩子了。去年修灌溉溝渠時，我們特別拜託承包商，別的田畦可以毀去，蘆筍田萬萬不可，因為他們可以一長二十年啊。承包商看我們表情嚴肅，也就勉為其難地答應了；於是冬天修築的那幾個月裡，一片泥濘中，只有蘆筍田被保住了。春神來了，蘆筍也茂盛起來，要把冬眠的蜷曲一次伸展似地拚命長。

所以來到我們家，第一道上菜的就是鮮採蘆筍，妍妍插進酒杯裡，讓客人直接生食，那滋味真的難以形容，彷彿一種儀式之後終於吃進嘴的第一口甘甜。

蘆筍的側芽也飽含生長激素，只是運送不易，無法成為商品；來我們家的孩子也有福了，一樣鮮採側芽，簡單拌炒就上桌，入口嫩甜、幾無纖維，神妙啊。

至於農夫種紫蘆筍的理由，說來有些荒唐。某次我們拜訪有機農場之後，農夫被一公斤六百元的價格嚇到了，決定自己種種看；沒想到竟然被他種起來了，成為自家「名物」。這就好像農夫每回回台北，老愛去貴婦超市看人家賣的蔬菜，那令人咋舌的價格，對比我們田裡的收穫，都讓他心底的小算盤叮叮咚咚忙了起來，最終獲得一種滿足。

好啦好啦，真的有點好笑啦，但這就是農夫逛街時的一種小確幸嘛。

五月十二日

玉蘭花開了，整棵樹都是花苞，夜來時分，空氣中淨是她的香氣，像奶奶梳妝台最愛的老香氛。這棵三層樓高的大樹是我們的家族樹，或許正是因為她，我選了這塊地，即使鄰居都說玉蘭花樹沒有用處。

人生何必有用處？身為大樹，在安穩現世頂天立地，跟隨四季茁壯開花，這一隅就是靜好歲月的縮影了。

六月十八日

晚上餵小狗吃飯時，看見一尾整體通透的青蛇，真是美麗極了，她扭臀擺腰的模樣，就是「小青」啊。

雖說我不怕蛇，但也怕她太靠近小狗，我用水去沖她，她躲著躲著，就慢慢扭到坡坎上了；我突然想到，該拍下照片給農夫看，跟她說：「請等我拿一下手機。」然後迅速衝進屋裡。

等我再次回到那兒，發現小青挺通人話的，就停著等我，偶爾還抬頭看我兩眼。拍了兩張照片，小青點了點頭，就溜走了。

農夫回來，我給他看照片，他說是無毒青竹絲，若是赤尾，就是有毒的了。農夫交代，無毒就放走，有毒，ㄟ，要我自立自強地想法子除掉；我只好開始祈禱，不要遇到赤尾的囉。

八月十四日

每回來淡水，都寧願自己沒來過，畢竟這是我童年的夢土。

彼時爸爸工廠在竹圍，我們是董事長的孩子；而淡水是小火車的終點站，是海風餐廳的炒螃蟹，是榕樹堤防的甲子園。

後來爸爸被親戚下手趕出了企業，我們一家在驚濤駭浪裡離散；而淡水成為捷運載了人潮填滿的名勝地，連海風餐廳都說要吹熄燈號了。

在水上勉住過的老木屋裡，想起天上的爸爸，他應該看著和他愈來愈相像的中年兒子微笑吧。

而我寧願仍是那個爬上工廠警衛室屋頂看落日的蒼白男孩。

八月十六日

說起生活堅實的基底，我著實幸運地擁有許許多多的朋友。

今天瑜伽課結束後，大家一起吃了一餐飯，慶祝有人要遠行、有人談起新戀情、有人初次見面、有人相識快要二十年。最後的甜點，大廚用我帶去的新鮮櫻桃烤出一只 Cherry Clafoutis，搭配上現做的太妃糖冰淇淋，好甜美的一個圓。

我們來自四面八方，都用最良善的一面相對應，未來的路還請繼續照顧。

八月十八日

是要下雨嗎？我看看天空，竟然聽見雨從早上跑步的河對岸落下的聲音；趕緊把衣服收一收、小狗趕進他們的家，就聽見雨聲過河、來到我們的院子裡。

原來鄉下的雨有雙大腳丫，踏過山、跨過河，都有清楚的聲響，和城市的雨驟然落下很不一樣。

八月十九日

早上農夫上街去，買了兩頂帽子回來；他的是改良式斗笠，帽尖開了一圈通風，猶如頭上戴了一座小寶塔，我的則是一只草帽。

「因為草帽比較時尚嗎？」我問。

「是斗笠太小，你戴不下。」農夫說。

我無言地看著農夫戴上斗笠去工作，然後試戴起草帽……

很好，也戴不下。

不過這草帽傍著盛開的芙蓉，挺好看的。這些年我們很少送對方什麼，踏實而尋常的生活，就是最好的禮物。

八月二十三日

颱風來臨之前，聽了一場萬芳的演唱會。

她拿聲音當成其中一種樂器，把演唱會當舞台劇，甜美的是她、細膩的是她、尖銳的是她、崩潰的也是她；而台下坐的多是中年人，曾把青春醃在萬芳的歌裡，如今一起拿出來晾一晾。

二十年做同一件事，把所有細節當成學問，我們只能慶幸，曾經交託給她的，她依然在意。

我們不是永遠都那麼勇敢，孤單時要懂得照顧自己。

八月二十九日

這兩天的瑜伽課在練習說：「再見。」

因為一對朋友的島內遷徙，觸發我的省思；想起自己從小就不喜歡道別離，長大後反而可以把再見說得比較輕鬆容易。大概是體悟到：我們的捨不得，鮮少因為對方，更多的是捨不得自己。然而每星期和小狗這樣話別，一個扒著我的腿、一個靜靜望著我，心頭還是會忍不住糾結。

於是還在練習，真正自由的心，是沒有再見離別的。

九月十五日

鄉間清晨醒得早，和農夫下田去種迷你紅蘿蔔，才播了種、覆了土，雨就來了。從田裡衝回家，遇見一朵磚牆上長出的日日春，好像交換了多一點強壯的力量。

謝謝今天的秋涼，晚上來吃酸菜火鍋。

九月十六日

農夫種的絲瓜品種特別，長度是一般絲瓜三倍以上。

我們摘了瓜，放在鄰居的瓜藤下，頗有瓜田李下的逗趣。農夫不禁想問：一樣的種植時間，為何鄰居不種這種長瓜呢？

想想可能是因為長絲瓜質地比較硬，適合我這種不愛軟糯口感的人；鄰居都是資深農民，牙口不好，喜歡傳統絲瓜。

這瓜清甜可口，素炒之後的湯汁鮮美得像加了葷高湯。我特別請農夫留了一根老絲瓜下來，乾了以後可以拿來搓背，現在那老瓜都有我半個人高了。

所以我說人生也沒什麼好爭的，有人圓滑、有人直爽、有人貌美、有人命好，都是注定好的，或說前世福蔭。

無論你拿到哪個牌局，都請好好享受吧。

九月二十一日

星期五晚上，坐弟弟的車回新竹，成為我們兄弟倆交換心事的時光。

回到新家走上二樓，瑜伽教室一盞鹽燈溫暖燃著，映出 Shiva 和象神的側影，醺紅得真美。

鹽燈是一個好朋友送的，她來的時候房子根本還沒落成、瑜伽教室只是空蕩蕩的房間，她便說好要送這份禮；當時我開心地抱著她，不是因為收到禮物的興奮，而是感動著怎麼有朋友可以這樣合拍呀。

上週鹽燈送來了，我愛上這樣看著小桌子上的光影，神聖而平實，如一場靜默的日出，或了然的日落。

十月七日

中午休息時，想起兩尊去年跟乃珍老師去峇里島時，Nina 幫我一起扛回來的佛像，放在荷花池畔一整年，青苔終於攀上去，佛依然怡然自得。

這兩尊佛若是在別人手中，或許供在案頭、時時擦拭吧？但那不是我期望的，我嚮往佛在大自然裡端坐，提醒著每個存在都有聖潔與美好，不是只有清淨的、無瑕的，才值得崇敬。

乃珍說，瑜伽練習的終極目的是找到與至上相連的全知、找到生命最內在的極樂。往這條路上走，一定還有好多好多變動，記得繫好安全帶，並且從心裡相信在起起落落之間，恩典會輕托著我們，不至於墜落。

十月十四日

秋高氣爽，拔蘿蔔的季節來了。

農夫這回種的蘿蔔大豐收，第一次採收就燉了一鍋湯，大家喝得好開心。現在蘿蔔收藏在土地裡，要吃的時候去拔幾棵，產地到餐桌的距離近在咫尺。

秋天也是我們農忙的季節，清晨七點就下田除草、澆水、施肥，早上的陽光暖暖地曬在身上，真舒服。

土地是療癒，土地是充電，土地是生命，土地是道途。

十月十五日

親愛的Banana，八歲生日快樂。

雖然妳眼睛有點腫、嘴邊有了白毛，仍然是我掌心裡的小公主——即使妳其實是個野丫頭。

八年前妳誕生在我不認識的人家裡，而我尋尋覓覓了好久；當時的我想找一個安靜乖巧的狗，然後妳就出現了。

其實妳並不乖巧，每天吃飯都要讓我們花上許多時間；其實妳也不安靜，尤其來到鄉下之後每天都在「尋蛙冒險」。而我依然深愛著妳，因為我也長大了，懂得安靜乖巧沒有不好，但不安靜乖巧也很好。

親愛的Banana，我們都是中年了，要一起健健康康、要一起快快樂樂。或許妳不知道，妳現在過的日子，是許多人窮其一生所追求的：無所事事又有人陪伴、衣食無缺又緩慢生活。

親愛的Banana，讓我們就這樣一起繼續過生活。

十月十七日

與土地親近之後，我才稍稍明瞭了農業社會。

比如說，農務需要許多人手，因為同時間要做的瑣事太多，所以才有「多子多孫多福氣」的價值觀。我家雖有農夫一枚，他也負擔大部分田地活，但田裡永遠有要做的事、要拔的草，大家得空都要下田。我弟也算科技新貴，他假日照顧小孩之餘，會被我們捉到田裡幫忙，而我也進一步明瞭為何農業社會「重男輕女」，因為男性的氣力在田裡十分好用。

架好支架，農夫種下豌豆。農業社會有個傳說：「豌豆怕鬼。」這也是一種民間智慧，因為豌豆苗柔軟而需要攀附，幾顆種在一起便彼此有了倚靠。

我的職場生涯總是一直轉業，中年之後更從工商業一腳走回農業中，這樣也不錯，像是回到了原點，用另一種視野觀察尋常生活。

十月二十八日

傍晚去給鄰居鎮民代表上香，熱心公益的他昨天清晨過世了，一張微笑照片掛在靈堂裡。

我們種菜的土地是他借給我們的，他說土地空著也是空著，就給想種的人種。黃昏的時候，我也常常看到他在田裡澆水，總是笑著和我打招呼，聊聊天氣或田裡收成。

大約一個半月前，農夫發現代表的田荒了，人也許久不見了；問了才知道，他因為肺腺癌去住院了。我們送了禮過去，不好意思去醫院叨擾，沒想到前兩天吵著要回來，在家裡辭世了。

就在代表離開的清晨，我們院子茶花樹上的卵鞘孵出了近百隻小螳螂，密密趴在葉子後方或是樹枝隱密處，開始要去面對這個充滿挑戰、弱肉強食的世界。

花開和花謝都是人生，笑和哭也都是人生。燃一炷香最後一次向這位鄰居說聲感謝，謝謝他願意善待初來鄉下的陌生人，謝謝他引領我們更認識這方土地。

十月三十一日

我習慣在每天的工作與工作之間，保留一點散步時光，可以轉換情緒，讓自己的心平靜下來。

那天是我在週刊最後一天的採訪，散步到採訪地點附近的小公園，雨滴滴答答下著，我坐在涼亭裡，忽然遇見了一隻街貓。他很優雅地走進草堆，棲身在大石頭邊，雨似乎沒有帶來任何困擾，他坐在那裡，甚至和我對看。

「嗨。」我說。

他什麼也沒說，就這樣享受著他的流浪。

那一刻，所有的煩雜靜止了，因為這隻貓，我獲得了寧靜。

十一月四日

鄉下的秋夜，跳來一隻螽斯，停在我們家的抿石牆上。

從前在《詩經》中讀過這種蟲，卻是到鄉下來才識得廬山真面目，秋葉一般的顏色，自有蕭瑟的美麗。

我正和農夫喝起威士忌可樂，他一邊調整茶花的姿態，一邊和我聊著下午田裡遇襲的奇遇——我戴著手套種高麗菜苗，突然覺得左手背有針在刺，而且是許多細細的針，燒得紅紅地對準毛細孔刺進去。我叫了一聲，好疼，趕緊把手套脫掉，什麼都沒有看見。

難道是錯覺嗎？我盯著自己無恙的左手背，匪夷所思。但那痛感依然在；慢慢地，左手背開始紅腫起來，還有幾個小叮浮現。農夫說，可能被毛毛蟲攻擊了，要我趕緊回家敷尿。

是的，沒有錯，是敷尿，用酸鹼中和的道理把毒性淡去。我照做了，還敷了藥，但至今撫過手背，依然有細細的針刺感覺。

沙盤推演之後，應該是我不小心侵犯到某隻小毛毛蟲，被他報復了吧?!像我這樣強調公平原則的人，遇上這隻以牙還牙、以眼還眼的毛毛蟲，也算英雄惜英雄了。

鄉下的秋夜，蠡斯和威士忌可樂，以及依然微刺的左手背，cheers。

十一月十日

本週最繽紛的是我們家種最多的茶花，農夫如數後宮嬪妃地聊著已然開花的品種：冬戀、花貝拉……

而最讓農夫開心的，是他接的紅垂楓竟然開花了。這是從陽明山好友家院子裡移植而來的槭樹，農夫自己接枝接上枝條向下蜿蜒的紅垂楓，紅葉已然美不勝收，本週還開出兩串花，真應該給這棵樹掌聲鼓勵。

十一月十二日

上車之前，我確實遲疑了一下。

他為我停下車、搖下車窗問：「帥哥去龍潭嗎？搭我便車載你去。」

接著就是一部公路電影，他說起自己的故事：

十七歲和父母搬到龍潭住進自家買的第一幢房子，一住住到結婚生子、邁入中年的今日。前兩年工作的超市被併購，拿了遣散費失業在家，開始在溪中放置漁網捕魚為生。早早清晨出門，知道這條馬路公車班次少，遇到單身男性就給一程方便。

「因為女生不敢給我載，哈哈。」

破破的小貨車，僅有一個狹仄傍著駕駛的客座，滿車盡是菸味和檳榔味，我懂得女生的拒絕，卻也為自己的決定上車開心不已。

「我可以用手機為你拍張照嗎？」

「可以。」

謝謝你，林先生，讓我提早一班車回台北，還點亮我週一清晨。

「下次你等那班八點半的公車，我還可以再載你。」

十一月二十六日

去年十一月二十七日午時，我們舉行了入厝儀式，名義上搬進新家，其實裝潢尚在收尾，至今轉眼也一年了。

這是我們買下房子時的模樣，很多去過的朋友應該都認不出來吧?!就是台灣很傳統的老農舍，旁邊有個加蓋的車庫，院子裡散落缺乏照顧的植物，仲介賣了一年都賣不出去。

有幸讓我們遇見了，花了氣力去整理，在老房子上加了新建設，成了現在的模樣，竟然也舒適而宜人居住了。這一年來，我們接待了許多好朋友，過著自己也開心的日子，而一切的出發點，就從這樣的破落開始。

我還記得那段時間，我們騎著摩托車來這裡澆水種菜，懷想未來；也還記得第一次鑑界失敗，以為自己跟這裡沒緣分了；還有蓋房子時的爭執與折衝，以及每個階段的驗收……

我不知道人的一生會有幾幢房子，我知道的是，這最初的一幢，我們好生珍惜。

十二月十一日

我們田裡的細工，是農夫親手為初紅的草莓套袋——剪袋口、包草莓、再用釘書釘固定，全程鞠躬哈腰。鄉下地方鳥類生態豐富，從白鷺鷥、喜鵲、台灣藍鵲、綠繡眼、白頭翁到老鷹、貓頭鷹，應有盡有。無論農夫起得多早，鳥兒都更早起把紅了的草莓啃去；農夫心生此計，果然保住了草莓收成。

看著祈臻小朋友和好友孩子吃著自家產的無農藥草莓，真是一件幸福的事。

十二月十四日

我很少妒忌什麼都有的人，卻很常羨慕什麼都沒有的人。

陽光露臉的台北城，和尚就這樣站在一隅，讀著經書，身旁的繁華呀，都是不經心的紅塵俗世罷了。

我就這樣遠遠地羨慕他，不敢靠近驚擾，謝謝他的淡定安撫了我的早晨。

十二月二十一日

世界末日，我終於開車上路了。

從二十四歲被外婆慫恿買車，到四十歲買下好友的車，我花了十六年時間說服自己，然後選擇世界末日這一天，開車從台北回新竹。

幸好，農夫在我下班時驚喜出現，陪伴我一起回家。握緊方向盤的手汗水直流，連手臂都僵直了，才有驚無險地上高速公路，一路返回鄉下；途中還超了別人車，也一個不小心時速飆到一百二。反正世界末日過了就是新時代，就藉由挑戰開車來獲得勇氣吧。

十二月二十四日

親愛的 Brownie，八歲生日快樂！

謝謝你教會我大狗的溫柔，還有無私的守候，讓我每每在回眸時都能看到友善的眼神。也因為要豢養你這樣聰明而體力好的大狗，我們才更有決心，一步步選擇現在想要的田園生活。

親愛的 Brownie，轉眼間我們在一起八年了，要更相親相愛喔！

十二月三十一日

清晨起來，和農夫整理家裡。前兩天招待朋友開心極了，昨晚很早入睡，懶得收拾。

農夫突然喊我：「你看你看這隻蜘蛛。」

唉，我跟這隻蜘蛛早就相熟囉，他已經住在我們窗戶外許久了，結 X 形網，而且還都捕得到獵物。這隻蜘蛛很忠實於他的領域，有回我想跟他玩，把他震掉了，沒幾天又爬回來。我也不知道這種蜘蛛怎麼稱呼，只是覺得他長得也太「諧星」了吧，光看著他就讓人想發笑。

二〇一二的最後一天，又是歲末寒冬，祝福所有朋友開開心心迎接二〇一三的到來。

二〇一三——

休息，其實就是換個姿勢

一月三日

和多年未見的朋友吃飯，坐在迴轉壽司檯前聊天，真確感覺到時光悠悠從身旁流走的速度。我們是靈魂很靠近的朋友吧?!所以每回聊天總能很深刻。我交代了這些年的轉折，他也說了中年以後的心境。

「到了這個年紀，大概知道自己的生命裡有哪些牆，既然過不去，那就繞道走吧。我從國中就記住了『物質不滅定律』，有得就有失，有失就有得。」他說：「對於過去的時光，我會懷念，但不會眷戀。」

現在的他，在山上當點心房主廚，每天與山嵐夕照為伍，還拍下許多吉光片羽；我常常看著他的照片看到出神了，因為那些照片裡，都有著細膩的他。

我也交換了我的山居歲月，盛開的梅花、田裡的收穫，他盈盈笑著，我知道他聽得懂。我們不是在告訴對方日子有多好過，而是中年以後，我們多認真過生活。

「懷念但不眷戀」，是我今年度聽到的第一句美好話語，無牽掛、不執著，歡喜相逢、瀟灑道別。

分開之前，我們擁抱，然後走向不同道路。

可心裡卻走著一樣的道途。

一月十九日

院子裡名喚「黑貓」的山茶今年盛開，一朵又一朵宛如舞孃的裙襬。

每看到黑貓開花，總讓我想起前任地主太太。她是個乾瘦的女人，長得小心翼翼的模樣，唯恐別人貪了她什麼；她也是愛植物的人，買了一盆又一盆珍稀的品種，卻不知道怎麼照料，許多盆栽都被塞在角落裡。這株黑貓就是她留下來的眾多植物之一，農夫照料之後，才知道是珍品。

我們買了這塊地之後，他們一家搬離，鄰居們開始跟農夫說起這位太太的故事：從前從前，她是一位酒店小姐，迷惑了年輕地主，嫁進鄉下地方來；過慣了華奢生活的她，不僅不懂敦親睦鄰，且花錢如流水，還慫恿地主賣地搬遷……

其實這位太太也沒留給我什麼好印象，最後一次見面還惹得我破口大罵；只是農夫轉述這個故事時，還是讓我很不舒服，聽得出來鄉下地方、農業社會對於女人的歧視。我不覺得酒店小姐有什麼不好，也不認為賣地搬遷有何不可，更何況這些故事也不知是真是假，許多茶餘飯後的流言閒語不都建立在別人的痛苦上？

每回黑貓開花，我便想起前任地主太太，她的青春不知道有沒有美麗衣裳？還是，這一朵又一朵、一盆又一盆的茶花，便是她悼念青春的美麗衣裳而為自己買下的？

一月二十日

農夫和我因為所學不同，加上慣用腦也不一樣，常常發生雞同鴨講的情節。比如說，我發現有幾顆自家草莓竟然長成愛心形狀，真是開心極了，想著可以蒐集滿滿一盒，情人節拿來做甜點。

「你說，是不是很漂亮？」我問農夫。

「這是授粉不全。」農夫說。

授粉不全？也太準確的用語了。我拿起草莓仔細端詳，真的，草莓裡竟然有個空洞耶。不過，哪段愛情沒有瑕疵呢？心形草莓長成這樣，也算是一種最高階的譬喻了吧。

一月三十日

我們的兩個狗，對於「搬家」這件事有很不一樣的反應：嬌小的 Banana 把我的懷抱當成家，不管去到哪裡，她都可以安睡在我的掌心裡；壯碩的 Brownie 則是無論去哪裡玩，都心繫著要回家，所以每回搬遷最不安的就是他。

從台北搬到新埔，Brownie 花了很久時間才把我們租的房子當成家；要搬進新家那天，Brownie 一直跳上農夫的小貨車，好像在說：「我玩夠了，我要回家了，還不開車嗎？」

最後，我只好拿著我的棉被，跟兩個小狗一起在狗屋睡午覺，讓他們知道，這就是我們家了。

這個週末工人在修築屋前灌溉溝渠的坡堤，我幫工人拉水管、提雜物，一抬頭竟然看見

Brownie來巡視他的領土，那一刻，我覺得好驕傲——我們的大狗不但認同了這個家，而且還來端坐在外人前面，盯著工人做工程。

那Banana呢？嗯，她也有跑來看我啦，但她一直發出撒嬌聲，好像在問我：「你忙完沒？忙完可以抱抱我了嗎？」

二月五日

我是搬到新埔之後，才真正認識茶花的。因為此地風土條件合適，茶花長得特別好，加上農夫的偏愛，我們就蒐集了數十品種，也才知道金庸筆下那些詩情畫意的名字是真實存在的。比如說，我們最近蒐集到的品種叫「文成公主」，一聽就是富貴又勇敢的好花朵啊。

茶花名列中國十大名花，原產地就在中國，後來傳至世界各地，才有香奈兒女士愛山茶花的逸事。我家這朵盛開的茶花，碩大蚊子一停就是一晌午，不知道香奈兒女士是否也愛這樣的設計？茶花的美，不僅在品種繁多，開花時嚴謹規律的幾何圖樣也讓人驚歎；而且不開花時，就是天長地久的英挺喬木；再加上茶花含苞往往長達八、九個月，花季更可以長達三個月以上，真是很認真的植物。

今天重看白先勇的〈樹猶如此〉，才記起他也愛茶花，與相伴三十八年的王國祥當年種下的茶樹，如今也都是老茶了。花開有時，相聚有時，他舉重若輕地寫這段情誼，每每讓我看了悸動不已。而他筆下的義大利柏，我也恰好有種，原來我有著和他一樣的喜好。

那改天應該來學崑曲了。

二月十日

農夫愛茶花成痴，因為熱衷買茶花、接茶花、插茶花，園子裡不知不覺已然多達千盆茶花。金龍年尾聲，農夫就開始為心愛的茶花們找新田地；他相中鄰居家休耕的農地，和柚子一起登門拜訪，一口氣簽下了十年租約。

為什麼選這塊地？一來離自家近，二來水源來自無汙染山泉，農夫堅持用山泉灌溉才是對植物最好的養分。租下田地之後，首要任務就是要找到水源，擺設水塔。

就這樣，水蛇年初始，農夫和柚子便開始墾荒，預計要在春節假期裡把基礎建設做好。從田裡往山上走一分鐘，寧靜的森林裡彷彿住有仙人，農夫跟柚子選定了這塊臨著小溪的平台放水塔，然後開始搬石頭、搭地基。

「會不會覺得初一就工作很『稀微』？」農夫問。

「不會啦。」柚子說：「只是聽說初一就工作，一整年都會很勞碌。」

「我們哪一年不勞碌？」農夫說完，繼續揮舞鋤頭。

水塔這玩意兒說重也不重，但兩個人要搬上山，就容易沒「腳路」，於是捉了柚子弟一起幫忙。柚子仗著自己人高馬大，在最前面擔任前導；農夫任重道遠，在最後馱著；柚子弟則見縫插

針，哪裡需要他往哪裡站。只見三個大男人氣喘吁吁，終於扛著一只水塔上山。

放上準備好的平台，找來大石頭、小石頭、沙土壓陣，農夫還要從地主的水塔那頭接水管過來自家水塔；都說「上善若水」，水真是個性很好的傢伙，只要掌握往低處流的原則，安排好管線，就可以請君入甕。柚子弟則在旁邊幫忙瞻前顧後，汗流浹背。

柚子呢？柚子在旁邊觀光，性好胡思亂想的他心中OS是：「連水塔都可以住在這麼清幽安靜、天寬地闊的地方，為什麼這麼多人想往摩肩接踵的城市裡去呢？」

架好了水塔，接好了管線，水便順著山勢往田地方向流，水壓充足得一如安了加壓馬達，這也就是為什麼農夫把水塔放在山上的緣故。

二月十日

農夫堅持胼手胝足墾荒田，卻也偶爾懂得借重機器的幫忙，這兩塊田就是花一千元請來大型鬆土機犁過，立馬有鬆軟的土地可以使用。

鬆軟歸鬆軟，卻不是耕地的硬度，農夫和柚子一個拿鋤頭、一個拿耙子，花了一小時做出一條排水溝來。依照規畫，上面的這塊田還要再做出中間的排水溝，才能讓多餘的水排出田地，讓茶花植栽免於泡在水中。

只是啊，田地活永遠不只勞力這麼簡單，做完了排水溝，還要用力踏平田地，讓土壤精實；否則將來放了茶花，鬆軟的土恐怕會擋住花盆的排水。
農夫與柚子就這樣踏平每一吋土地，彷彿把未來踏平。
請記住這空空如也的田地模樣，農夫說，過兩天這裡就是一座茶花園了。
柚子呢？柚子的大腿股四頭肌痠到得坐在旁邊休息，據他本人說：「比上一堂 Flow2 的瑜伽課還要操勞。」
「那我為什麼不會累？」農夫問。
「因為你在做自己有興趣的事情啊。」
結論就是——農夫也適合做瑜伽，他有強健的股四頭肌。

二月十一日

農夫和柚子清晨就起床，開始這回墾田地的重頭戲——鋪蓋抑草蓆。
台灣有非常多休耕農地因為長年不耕耘，雜草代代繁殖，將來更不利於耕作。農人們嫌除草麻煩，往往用噴灑除草劑的方式，讓耕土瞬間焦黃一片；農夫和柚子是不用除草劑的，那一時的貪快，其實會造成土壤的酸化，對於環境與水源都是傷害。
農夫為了整理田地成為茶花園，買了大批抑草蓆要將整片田地鋪蓋起來，雜草沒有陽光和成長空間，便沒了用武之地。就這樣，兩個人用踢的、用鋪的，再用塑膠釘固定，終於完成了半片田。

二月十一日

嚴格來說，這不算墾地的工序，充其量只是一種儀式。

有人在問：「怎麼都沒有柚子的戲啊？」因為柚子在旁邊記錄嘛。不過這初挖過的土壤又鬆又軟，讓柚子很想在大地上倒立，所以，就有這個景象出現了——柚子把頭放在抑草蓆上，直接頂禮大地，感謝這塊土地的賜予。

恰好峽谷有霧，抹上對岸的山；倒立時候，柚子心想：在這裡長大的植物也挺幸運的，至少每天都有 view。倒立完，身體又揚起了能量，柚子跟著農夫的步伐，一點一滴完成了今日預設的目標。

二月十二日

鋪蓋好兩床抑草蓆，再來應該開一條排水溝，可是柚子卻希望花園中間有一條主幹道。就像台北有中山北路、巴黎有香榭大道，城市規畫都要有一條主要道路，然後才有四通八達的巷弄；花園規畫不也一樣？主幹道提供便利的交通，將來要載運土壤、植栽、花盆都方便。

農夫想想也是，兩人就開始奮戰了。這條主幹道長五十公尺，寬七十五公分，深十五公分，農夫和柚子花了三小時完成；後來算算，兩人為了這條道路翻動的土壤，竟然將近六公噸。

完成之後，柚子又有新想法：下回有小客人來，不妨帶來這裡賽跑，來回跑個四趟，就是一個操場的距離了呀。

二月十三日

大年初四，大家應該都還在休息吧?!農夫和柚子日日在田裡工作，終於引起鄰居們的注意；加上新年假期許多人到鄉下親戚家走春，來田裡串門子的人就愈來愈多了。

「這塊田要做什麼？」

「這麼年輕怎麼會想當農夫？」

「架式不錯喔，以前有做過？」

以上是三個回答了一整天的問題，農夫不厭其煩，孤僻的柚子則是想乾脆錄音下來播放好了。

不過這些務農的鄰居也提供不少專業的意見與經驗，讓柚子詫異的是，務農人的收入確實單薄。其中一位鄰居說種一分地（三百坪）的稻子，收成才賣個幾萬元，一年兩穫；價格好的芋頭兩分地可以賣個二十萬，但一年也只有一穫。許多時候這些農人一整年的收入，只能換得勉強溫飽而已。

其實，當農夫說新年假期要把這片花園完成時，柚子心中不是沒有問號；但當花園基礎建設完成的那一刻，柚子心中也沒有太多詫異。很多時候站在門外看是看不清內情的，唯有走進門裡去，才知道箇中曲折。一樣是挖排水溝、踏實土地、鋪抑草蓆、釘塑膠釘，第二區做的時候，柚子明

顯手腳麻利多了。完成的那一刻，太陽公公出來了，真是完美的一刻啊。

那農夫怎麼還在工作？是這樣的，這個花園一邊建設、一邊規畫，兩個茶花區完成之後，旁邊的餘地恰好可以種植柚子愛的松樹；於是，松樹區就這樣催生了。

一開始只是想休息時候有事可做，柚子便開始記錄這座花園的建設工序；後來發現勞動時候靈感湧現，便這樣一路寫了下來。每天早上工作三小時、下午工作三小時，有時候晚上還要插茶花、換盆子也忙個一到兩小時；這些文字與照片成為勞動之餘的產物，也因為臉書朋友的回饋，增添農夫與柚子工作的談話頭。

柚子心想：蛇年開春，挺豐富的。

二月十五日

農夫和柚子身邊有許多也嚮往田園生活的好朋友，這回好友們成了英雄，從台北坐車前來幫忙搬運茶花。

首先要從家裡把不同品種的茶花分好，然後一一載上車，再運送到茶花園裡；茶花們下了車之後，人工運送走一段上坡路，再由推車接手，從主幹道將茶花一盆盆有條不紊放上苗圃中。農夫、柚子和三位好友花了兩個半小時，兩地奔波、汗水淋漓、腰痠手疼，終於把家中過半茶花運送到茶花園；朋友細數，已然有五百四十三盆了！

二月十六日

今天沒有英雄了，農夫跟柚子一早就開始繼續搬茶花，兩個人六趟車，一共搬了三百四十五盆茶花。有趣的是，加上之前的五百四十三盆，竟然剛剛好是八百八十八盆茶花，謝謝老天爺給的美好數字。

但今天的重頭戲其實是搬土。這一袋袋來自陽明山的土可是茶花的最愛，一袋少說三十至四十公斤，兩個人一整天兩地來回，竟也搬了一百零五袋，真是搬到傻眼。算一算也有三公噸以上，而且是搬上車、又搬下車，真是再次創下重度勞動紀錄了！

工作結束，恰好夕陽西下，逆光看著這塊新茶花園，柚子竟然覺得美景如畫；因為每一寸土地、每一盆茶花、每一袋土壤都是這幾天辛勤的成果，於是眼前多了柔焦鏡，怎麼看都覺得驕傲……

二月十六日

今天茶花園來了個生力軍，柚子家的兩歲女孩祈臻小朋友。這女孩從小有鄉下經驗，昨晚聽說可以玩泥土，一早起床就吵著要到茶花園裡看阿伯們工作。

女孩赤著腳玩陽明山土，還在花園裡跑來跑去；大人們也不怕她髒兮兮，髒了洗個澡不就清潔溜溜了嗎？只撐了把傘幫她擋太陽，女孩就像來到沙灘一樣自在。

農夫、柚子和柚子弟繼續在陽光下揮汗工作；只是每回抬起頭來就可以看見、聽見女孩銀鈴笑語，竟也覺得靈魂輕盈了起來。

二月十七日

年假最後一天了，你是不是捉緊時間度假呢？農夫和柚子卻是捉緊時間工作，因為從南投運來了兩百五十棵茶花，和二十一棵羅漢松。

這個茶花園的創建，其實是這些嬌客催生的。農夫一直想要個茶花園，年前因緣際會買下這批樹苗，才和柚子商量租下鄰居的地；兩人努力了一個年假，就是為了讓樹苗有個安穩的家。

昨天夜裡貨車送來了樹苗，農夫和柚子、柚子弟一早就開始忙碌。農夫將茶花的土團削好，噴上消毒劑與發根劑；柚子和柚子弟將茶花放進免植袋中，並放滿陽明山土。三個人就這樣忙到日頭西下，還是只能完成一百九十棵茶花和二十一棵羅漢松；剩下的茶花只好請她們等一等，農夫再找時間送她們入袋。

可憐的柚子弟從南部娘家回來就投入工作，他說這一天的工作就用掉一年的運動量。柚子在旁邊默默按下快門，心想：那自己可以好多年不用運動了。

年假最後一天，茶花園從一片荒田進展成了茶花林，也算史上最忙碌、最勤奮、也最豐收的春節假期了。

二月二十三日

春節假期結束，返回城市之後，朋友問道：「過年有休息嗎？」答案當然是「沒有」，而且重度勞動的氣力超過上班太多太多了；只是，我又漸漸發現有些什麼在我身上不一樣了。

我向來怕冷，但經過與土地的密集相處，似乎多了些肌肉抗寒；特別是上瑜伽課的時候，我發現自己肉變多了，體態也強健了。還有一個是視野變得清晰。我的工作需要長時間看電腦，很容易頭昏眼花、眼界繚亂；經過一個連一本書、三部電影都看不完的年假，視力竟然變好了。而最重要的應該是多了許多安全感，知道自己可以真的扎根在土地上，長出一座花園、創建一個家園，便覺得心安理得。

那麼，我的春節假期究竟有沒有休息到呢？答案應該變成「有」。很多時候，休息，其實就是換個姿勢。

三月二日

農夫是個愛蒐奇的人，最愛上網買各樣珍稀種子，然後種出許多罕見的蔬菜品種。比如說白蘿蔔，他可以一次種個三、五種，去比較不同的生長和美味。

於是乎，洋人愛的芝麻葉、生菜、櫛瓜，我們田裡不缺；台灣人喜歡的地瓜、南瓜、黃瓜，我們田裡也應有盡有；就連草莓、西瓜、哈密瓜，我們田裡也努力生長。分明就是一塊小田地，農夫就是可以搞得像博物館一樣。

總而言之，我們的田，很「浮誇」。

其中最浮誇的作物，便是佛塔花椰菜。一小幢、一小幢佛塔，矗立在葉片與葉片之間，彷彿微型吳哥窟一般。冒著大不敬摘採佛塔下鍋清炒，比綠花椰清脆爽口，果然有幾分了悟塵緣的清歡好滋味。

三月二十三日

農夫開始大量種南瓜，便引來了瓜實蠅的覬覦，許多剛剛生長的小南瓜給瓜實蠅叮了產卵在裡面，還沒成熟就黃掉了。

我們的田是不用農藥的，農夫決定用有機方式來對抗瓜實蠅——他在寶特瓶上噴了黃色黏劑，懸掛在田裡；黃色光譜會讓瓜實蠅以為是南瓜花，紛紛撲上去，就被沾黏而飛不走了。這是有機農業「物理防治」中的「捕殺法」，也是較為費時費力的人工防蟲方式之一。

後來我發現，「有機」耕作也是一種「緩慢」耕作，用沒那麼迅速的方式，種下種子、等待花開、期待收成，甚至預防天敵。

這個世界其實可以變得慢一些，只要你選擇沒那麼「聰明」、沒那麼「主流」的方式。

三月三十日

某天農夫在網路上訂購了一百棵楓樹（對，你沒看錯，是三位數），看我坐在旁邊，順口問了句：「那你有想要什麼嗎？」

我正想送好友含笑花，就說：「幫我訂一盆含笑吧。」

結果，他訂了五盆小含笑，以及一盆紅花大含笑。我狐疑地問：「我只要一盆啊?!」

「我本來就想蒐集含笑咩。」農夫說：「而且紅花很少見。」

就這樣，含笑花們送到了，我也送了一盆給好友，以為含笑事件已然告一段落。

昨晚，農夫神祕兮兮地說：「我買了一盆含笑花慶祝喔。」

咦？怎麼又是含笑？

「這是紫花含笑，市場上非常稀有的！」

「原來那盆紅花含笑呢？」

「後來發現，那個比較常見……」

「～！@＃＄％」

農夫愛買植物，沒來由地愛買。特別是知道了某位好友喜歡某類植物之後，更會誘發他對於該類植物的蒐集癖……於是，繼千百棵茶花、百千種菜蔬、數十類楓樹與姬柿、十數株香蕉與蘭花之後，我想我應該加緊腳步來認識含笑，以及扶桑（也是他的新歡）。

四月四日

農夫兒童節休閒娛樂：自製竹掃帚。

本日密集打草計畫順利完成，農夫是不會提早收工的，決定要來自己做竹掃帚。

三星期前砍下的桂竹早已插在田裡成為皇帝豆的攀架，餘下的側枝條留在林子裡讓竹葉脫落，變成了掃帚原料。

揀相當長度的數十竹枝為一股，用鐵絲圈住；做好三股後，再拿一根竹子做主幹，將三股竹枝繞著主幹用三條鐵絲繫牢，需要的話，再用大刀把掃帚前緣切齊，就是一根竹掃帚了。

我立馬試掃，挺好用的，竹枝也不會脫落。竹子真是農人好幫手，從筍子到枝條都有用處。

「你做過嗎？」我問。

「沒耶，只看人做過。」農夫說：「一把竹掃帚一百五十元，我們今天做了兩把，淨賺三百元。」

嘿嘿，我們在鄉下過生活，賺的豈止三百元呢。

四月六日

下雨天，農村社會沒有人走上街，空蕩蕩的大地留給老天爺落水，人們安居在房子裡面。休假的農夫躺在榻榻米上看書，我在廚房裡洗米準備午餐。這是搬到鄉下之後，少有的無語時光；不用在田裡揮汗，只安安靜靜專注自己的世界裡。

晴耕雨讀，是最開始蓋這個家時的期待，而我們真的做到了。

四月七日

住在鄉下，更學會觀看細節——不是要去認識魔鬼，而是許多美麗都住在剎那裡，一沙一世界，一花一天堂。

比如槭樹「紅小袖」，初生嫩芽就是朱紅，不用老去便能體會秋涼；長大以後，葉子就會褪去紅顏，開始鑲上彩斑。這棵是農夫的「母株」，長出的芽點可以接枝在其餘小槭樹上。接枝的工作極為細瑣，用的刀刃看起來也挺嚇人的，我想我就繼續站在欣賞者的位置，看著這些植物在院子裡開枝散葉吧。

四月七日

事情是這樣的：農夫為了興建茶花園，上次叫了兩百包陽明山土，沒想到一下就用完了。再次叫土，竟然遇上貨運司機嫌我們窮鄉僻壤，不願意載送。

農夫氣不過，打電話給賣土的老闆。老闆人很好，特別從台北開車南下，跟我們見面溝通，並且約定好這回找吊車載送土壤，只是一次得買三百包。

終於遇上了晴朗日子，老闆特別押車南下，只見一台大吊車伸長手臂，一次把五十包土就定位，沒兩下子，三百包土都安穩放在農夫田頭了。這是我家繼蓋房子吊鋼筋之後，最浩大的吊車工程，鄰居們也都看傻了。

而我望著比我還高的土堆，不禁在想：這些土究竟要用到何時啊？

四月十三日

我們在茶花園裡拔草，某個瞬間，突然意識到有眼睛在盯著我瞧……抬頭一看，是烏秋鳥！若是《西遊記》，應該有妖怪要來搶食唐僧肉……若是《駭客任務》，應該是母體派人來監視了……若是《格雷的五十道陰影》，應該多了個勾起欲望、痛並快樂著的新玩意……若是……

「他只是知道我們在拔草，會有小蟲可以吃。」農夫說。

「……」

這塊茶花園從前被當地農人稱為「白鶴窩」，背山面河的好風光，適合白鷺鷥覓食，也成為附近唯一的白鷺鷥繁殖地。後來，稻田裡農藥愈灑愈多，白鷺鷥數量減少，便把家遷進更深山的地方去了。

不過，比起其他鄉村，這裡依然有許多鳥禽，常見的就是烏秋、白鷺鷥、台灣藍鵲、老鷹……

五月三日

深夜回到鄉下，農夫竟然在煮豆漿、做豆皮?!

這幾個星期，我們對於愛喝的豆漿是否來自基因改造黃豆而困惑。台灣黃豆種得少，市場上多數都是從美國進口的飼料級基因改造黃豆；只是一般消費大眾沒有這樣的認識，所以我們身邊充滿基因改造黃豆做成的豆腐、豆漿、豆皮、豆干。

於是，我們決定重新開始買好黃豆、做豆漿。自家做的豆漿有股清香，加上幾次熬煮去除有毒皂素，喝起來更安心。而我最愛的，則是豆漿上的新鮮豆皮，往往只有限量一、兩張，豆味十足啊！過去我們會煮豆漿同時做豆腐，這回農夫則想做豆花，正放在一邊凝結著，看起來會成功的樣子，明天的客人有福囉。

就這樣，我們也在鄉下開起了手作深夜食堂。

五月四日

最近常常跟一個好友一起散步台北街頭。微涼晚風中，兩個人說說笑笑，往往就可以走過好幾條街。

「你這兩年比較開了。」她說。

我想我聽懂了。這兩年過著自己想要的生活，在田園裡「接地氣」，明瞭渺小、也懂得偉大。

當你走進田裡，看見田裡蘆筍與野草相同茂密、蘆筍桿上毛毛蟲與蚱蜢一同棲息，胸襟與心輪就被大地一點一滴教導，漸漸更開闊了。

從前我在山水裡面，希望有一天，我的心中便有山和水；然後有一天，我是山，也是水。

五月六日

城市人想吃春筍，可以上市場去買；鄉下人想吃春筍，就上竹林裡去摘。

正是桂竹筍的季節，這種筍不像綠竹筍一般嬌貴，冒出頭高一些的都可以摘採來吃；只要輪切水煮，便會滿室都是桂花香。

我家往茶花園的小徑旁就有桂竹林，天生地養、任其生長；田裡需要時，就砍來當支架，同時也疏掉一些老枝。

春筍期間，農夫走在這小徑就會盯著林子裡看，望見這些冒出頭的筍芽，立馬如猴子一般穿梭竹林裡獵食。這回我也想當一下山大王，看見一個筍尖，跨出一隻腳想去摘採，哪知道腳上傳來劇痛，低頭一看，竟然一群螞蟻爬上我的腳板、腳踝、小腿……

「你踩到蟻窩了。」農夫哈哈大笑：「你真的是什麼事都會發生，我在山裡爬來爬去都沒遇見，你竟然踏一步就中獎。」

一枝草一點露，我想屬於我的這枝草正卡在城市與鄉下的邊緣，等著有人去摘筍子回來，然後免費享用現採的新鮮滋味。

六月一日

五月節還沒到，小青又來找我了。這妹妹忒感人，扭著水蛇腰從花盆裡溜了出來，也怕驚擾了別人，妹妹如一條綠顏彩腰帶，就這樣輕輕悄悄橫過我們院子。

農夫見了她，手一握就逃不了了。他說看到青蛇先看尾巴，褐色是有毒的赤尾青竹絲，這隻妹妹是通透的綠，無毒無害。

所以我捉著她良善的尾巴，滑涼滑涼的，一起合影留念；然後看了看那吐信嬌小的舌，便放她走了。

小青啊，這回找人借傘可得睜亮眼睛，那些沒擔當的、貪生怕死的、誤信神棍的男人，可都不是真愛啊！

六月七日

農夫媽媽很會醃瓜，在親戚間、村莊裡小有名氣，而且會用自家醃瓜做成幾道拿手好菜，農夫和我都非常愛吃。為了可以讓這個醃瓜更地道，農夫從去年就開始嘗試種植醃瓜原料：越瓜；不幸，去年因為不懂植物特性，種得太晚，沒能收成。

今年農夫捲土重來，種出成簍成簍的越瓜。今晚農夫媽媽特別南下，就是要把這醃瓜的拿手絕活傳承給兒子——

越瓜對切、去籽、洗淨、蔭乾，撒上重鹽去澀水；兩天之後，脫水的瓜日曬太陽，夜浸鹽水，反覆數天。

瓜曬完成，再將豆菇（黃豆麴）炒香，四斤豆菇添入兩斤半二沙、一斤鹽，混成醃料，可以醃兩百斤越瓜。

先將曬好的越瓜大切（約十五公分長），然後兩層瓜、一層醃料，交疊進瓶中，最後倒入些許醬油添加香氣與顏色，再倒滿米酒，讓瓜浸泡在酒液中。可存放數年，甕一開，瓜香與酒香滿室生香。這醃瓜合適入肉，紅燒或丸子都能相得益彰。

六月九日

鋤頭是農人的武器，用來除草、撥土、做畦。對於拿筆的我來說，鋤頭是田地裡不可承受之重，要拿得起、放得下，真不是件容易的事。

於是這些年來，我用的都是小鋤頭。對我的身高來說，這鋤頭雖然輕盈，卻給腰帶來壓力。今天農夫看不下去了，幫我上了堂鋤頭進階課，用的則是大鋤頭。

農夫從小用鋤頭，對他來說，我肢體不協調極了；還好我用著用著也漸漸上手，算是掌握了一些訣竅。既然是瑜伽練習者，便順手寫下了鋤頭使用的順位法則：

一、雙腳打開與肩同寬，第二根腳趾至腳踝隱形的線平行，小腿向中間集中，膝蓋對準第二根腳趾的方向。

二、右手在前、左手在後，虎口朝前、掌心朝下，肩膀放鬆，用的是下手臂的力氣；手愈靠近鋤面，用的氣力愈小。
三、收小腹，核心記得收束。大腿微蹲馬步，用股四頭肌的力量：腰微彎向前，尾骨前捲，薦椎內收。
四、鋤頭與身體垂直，鋤面盡量貼緊地面，太大的角度容易讓土地崎嶇。
五、心如、氣順、身輕、脈柔，若能無我，境界更高。
就這樣，我除了一上午的草，也順利完成我的「鋤」藝進階課。

六月十二日

今年端午節，人生第一次自己包粽子。
我家從小就吃嘉義阿姨包的粽子，餡料多、米心糯，而且個個有著美麗腰身。
今年好友突發奇想，花了一整天備料，設計了三款口味的粽子，還各用不同工序煮熟。我下班後趕過去，雖然只來得及包三顆粽子，卻讓我充分體驗到親手做食物的快樂。
用這串在好友家包的粽子，祝福大家端午節快樂。特別送給異鄉旅途的遊子，竹葉包著糯米香，就是家的味道。

六月二十二日

今日早晨工作：替小黑松蓋塑膠布。

小黑松種下去之後，成長速度比不上雜草，每每都有被覆蓋、無法行光合作用的危機。於是，我每一到兩週一定得去拔草，而且一拔就是蹲在地上一、兩個小時。

農夫看不下去了，決定用塑膠布鋪滿整畦土埂，只留下足夠小黑松呼吸的洞口，阻絕雜草的成長空間。

於是夏至第二天早上，我們倆在陽光下工作，雖說已戴斗笠、穿妥裝備，但做不了半小時，我就有種童年體育課跑操場之後的症狀：汗流浹背、呼吸急促、身體虛脫、嘴唇發麻……

終於蓋好了塑膠布，看著小黑松如同草莓一樣長在乾乾淨淨的土埂上精神抖擻，唉，那些揮汗如雨便成了過眼雲煙了。

六月二十九日

清晨做呼吸練習，發現在鄉下靜坐與在城市裡有極大的不同：即使閉著眼睛，都能感覺到光的存在；即使看不到外界，都能感受到浮雲投影在波心。

忙過農務，吃過早餐，突然想起很久沒到後面小徑散步了，於是帶著兩個小狗上山去。每走一步，地上蟋蟀飛也似地往四處去，彷彿我們闖入了蟋蟀的舞會。Brownie 勇敢地衝來衝去，

Banana依然四處探險。上山下山只花了半小時，我們一人二狗都好開心。

這條小徑是我們最初選擇這塊土地的原因之一，因為可以延伸家的範圍，到原始林子裡去。只是，住進來之後沒上去過幾次，畢竟坡陡路斜，沒有平地好走。人都是這樣的，容易忘了初衷，找不到來時路，便把後起欲望當成實相了。明天還要帶狗上山，記住初衷。

七月六日

瑞寧是我的好友，也是我喜愛的畫家，受我之託為家裡一面主牆畫茶花。昨天夜裡，她和先生小春一起到來，和農夫聊好想畫的花，今天早上打好草稿，午餐過後開始作畫。

這個家在蓋的時候，我就知道這面牆是瑞寧的，一如我知道小朋友遊戲間是瓊文表妹的一樣。與其說是裝飾，不如說是房子的一部分——有了她們和她們想畫的作品，這個房子才完整。

盛夏鄉下，即將開出第一朵山茶花。

七月八日

夕陽來的時候，斜斜射進屋裡，照在瑞寧畫的茶花上，那個瞬間，花如實綻開了。

這個週末，我們全心全意等待一朵花的盛開。

七月十二日

我們家的颱風存糧——莧菜、茄子、長豆、蘆筍、黃瓜。

從台北開車回到鄉下，趕緊到田裡去。別人是準備泡麵度過颱風夜，我們則得把該摘的菜收一收，還要把院子裡的盆栽固定好。

大把老了的莧菜可以煮湯，黃瓜用桔醬涼拌，長豆加些糖快炒，茄子蒸了跟大蒜、醋和醬油擂一擂，蘆筍就生吃囉。

鄉下的颱風夜，就這麼與自家菜蔬相伴。

七月十三日

今年第一個颱風，正好遇上農夫要值全日班，於是我一個人守著大房子，看了一部深夜電影；準備要睡的時候，還是決定讓小狗進到家裡來，外面風大雨狂的，他們心很不安。

夜裡睡得不安穩，外面傳來許多聲響。清晨醒來，院子裡散落被風吹斷的樹枝、樹葉，許多盆栽也倒了；最誇張的是一台推車被風吹斜撞到了大棵白水木，白水木倒下推開了柵欄，還倒在我車上。
於是一早起來收拾家園，再讓小狗回到自己屋裡去，我才開始吃早餐。一會兒覺得怎麼沒聽見小狗聲響？偷偷從屋裡往外看——原來他們並坐，一起欣賞風雨，很美的畫面。

七月十四日

就像我也可以說：「鄰居的牆倒了，屋頂破了。」或「後山一片狼藉，許多樹都歪倒了。」或「田裡的三百包土滑落，把田埂阻斷了。」但我還是選擇說：「早上救了許多樹，還發現咖啡樹都結了果，就快要有自家咖啡可以喝了！」那不代表鄉下生活或是此刻生命狀態沒有困頓，就如同颱風來、樹會倒是一種因果，把目光聚焦在樹倒而哀傷，還不如放眼狂風暴雨之後的雲淡風輕。

我是這樣想的，也是這樣練習的。然後繼續扛土，一包土三十公斤，那才是甜蜜的負擔。

七月十五日

今早和農夫整理家園，吃過午餐，趕赴我們另外一個家，觀音。
人跟人的緣分像一張編織的毯子，一開始只是聊得來的同學，後來成了我的乾妹妹；然後關係繼續纏綿，妹妹的兩個妹妹也都成了我妹妹，妹妹的爸媽也成了我爸媽。

妹妹的爸媽比我們還早下定決心過鄉村生活，他們像是領頭羊，一路上經歷的辛勞全成了我們的教材。而他們的家園更是美輪美奐，大樹成林、小橋流水，最近還成了養鴨人家——不為生計，只為了讓小孫子們可以觀察動物的成長。

看著妹妹一家，我常在想：「傳家寶」不是傳承的珠寶或財富，而是前人走過的路、種下的樹，全成了後人基因裡的記憶，一輩子都不會荒涼。

七月二十八日

這是一顆有著神奇身世的南瓜。

這個品種是三年前在農夫慫恿下，我接了一個金門農業的案子，從小金門扛回台灣來的。種植南瓜的農人則說，這是他爸爸從日本帶回來的，因為通體白皙，取名白居易。

為了這南瓜，我們請廚師朋友大顯身手，皮薄肉嫩、果肉細緻，無論中式、日式、義式做法，都好吃得不得了，便成了我們和朋友們最愛的南瓜品種；就連祈臻小朋友的第一口副食品，也是農夫親手種出來的白居易。

每年，農夫小心翼翼留下種子，沒想到去年因為蟲害斷了種。農夫擔憂地跟我說：「我們再去跟小金門的農人訂，好不好？」

前幾個月，農夫的茶花盆裡，莫名其妙長出一棵南瓜苗來。我們不敢把苗拔掉，每天看著它長大，竟然就這樣長出一棵白居易來了。長在茶花盆裡，又不免讓人擔心開不了花、結不了果，老天保祐，生出一顆健康的南瓜。

人生都是這樣柳暗花明又一村的吧。估計是農夫曬種子時，有漏網之魚落進了茶花盆裡，才有這場驚喜。更峰迴路轉的是，就在這顆南瓜漸漸成熟之際，鄰居送給我們兩顆白居易南瓜。原來是去年農夫送給鄰居的苗，再回贈的瓜實。

終於，我們家又有白居易了。

八月三日

農夫去年栽種的馬鈴薯全軍覆沒，今年承蒙長輩加持，從中部寄來已然發芽的馬鈴薯，希望能一舉成功！收穫滿滿！

昨天農夫先用耕耘機打田、撒好有機肥，今天我們再用耙子和鋤頭做好畦，把發芽馬鈴薯埋下、蓋土；接著是淹水，用山泉水緩慢而持續地注進田溝，讓發芽馬鈴薯可以吸飽水，用力長大。

馬鈴薯要種三至四個月才能結果，期待今年冬天，我們有自家馬鈴薯可以吃。那就從現在開始來規畫菜單吧——沙拉、焗烤、薯泥、鄉村派……我還真愛馬鈴薯。

八月十日

搬到鄉下以後，我一直知道有那麼一天，農夫會重拾養魚的興趣。

他一直是個對「繁殖」有興趣的人，十年前迷上孔雀魚，最終台北的家裝起兩面牆的水族缸，一如海鮮餐廳的規模。

那段時間，他得了幾個獎盃，我們認識一群有趣的朋友。後來為了田園夢，他放棄養魚，改成種植。

前兩天他要我從台北帶玻璃缸下來，說是心癢難耐，買了幾隻鬥魚。反正心裡早有準備，我就把缸都帶到鄉下來，再次學會成全。回家一看，好美的鬥魚啊，全身穿了金縷衣在水裡展翅飛翔。水還沒換完，我想拍下鬥魚的倩影，他突然全身緊繃、耀武揚威起來。怎麼了呢？我看著他，竟是因為看到鏡面折射自己的倒影，以為是另一尾美麗公魚，就這樣武裝戒備了。

寂寞的鬥魚，敵人是自己，我們又何嘗不是呢？

八月十六日

昨晚和瑜伽同學聊天，聊到許多寫書的人筆下世界與真實人生有著極大的落差。

這是真的。

從過去到現在，我遇到許許多多這樣寫字的人，那看似來自滾滾人生淘洗出來的金沙，往往只是上天給的靈光乍現；自此之後，金沙與人生分道揚鑣。或許是有自信、願意展現自己的人，ego 也會比較強大的緣故吧。

遇到這樣的人，我會想：是不是我錯把他的作品當成他的人生了？就好像看到喜劇演員，就以為他時時都是笑著一樣。於是我很早就體會到，作品是作品，作者是作者，每個寫作者完成作品的那一刻，他倆的關係就此別過了。

然後，我會更加珍惜那些依然誠懇踏實的寫作者，並且相信，上天給他們的，會遠遠超過那些遠離作品的人。

繼續過著我的鄉野人生吧，農人辛苦種出的果實，比舌燦蓮花的人說出的話語真實多了。

八月十八日

秋葵花只有白天開，傍晚就謝絕訪客了。有幾分洛神花的模樣，一問農夫，果然與洛神是近親。

秋葵挺好種的，綠的紅的都耐熱，我們種了一畦，一個不小心，秋葵就會長過我的掌心，甚至可以延伸過中指。

午餐前到田裡走一趟，只消摘兩只秋葵，去頭去尾切成星星，拌點醬油和味醂，就是一道消暑涼菜了。

黏糊糊的秋葵吃完，黏糊糊的夏天便走到盡頭了。

九月二十一日

這是一幢房子，這是一個家，但為何房子浮在土地上呢？

我在新埔小鎮拍下了照片，這樣的景象對本地人來說，早已見怪不怪了——因為城市規畫，土地徵收，居民們只能搬家遷移；而那些新蓋好的房子捨不得被拆啊，就花大錢請人把房子整幢移過馬路，還要一百八十度轉個面向。

這個寧靜的小鎮因為這樣的事，上了幾次新聞；有個老人家還為了搬房子，被騙了兩百萬。有個屋主更酷，房子浮著，他們全家依然住在裡面，水電外接、汙水處理管也外露，等著下一期工程把房子搬到對街去。

而我不懂的是，政治人物要做城市規畫時，只在紙上畫圖嗎？不能走出去看看你們畫下的草圖裡，有多少人在那裡安身立命嗎？還是這些背後都是勾結，別人的祖產、田地、家庭，便是你們的利益？

這是一幢房子，這是一個家，這是頂天立地的生活，這不是一張平面圖，更不是一個數字。

十一月二日

秋天來了，黃澄澄的稻田一畝又一畝，農夫的田裡也多了許多收穫。

農夫種了白花芥蘭，花兒鮮採現吃，清甜芳香，一加熱，就沒了那股空靈味；芥藍大火快炒，就非常迷人了。

我愛秋天，其中一個理由是，怕熱的農夫度過懶惰的夏天，終於又開始辛勤耕種了。於是，我們成了富有的農人，田裡總有菜蔬可以吃、園裡都有鮮花可以賞。

十一月九日

大芥菜曬日光浴！

早上將芥菜摘起後，用水稍稍沖洗，就進行日光萎凋，每半小時幫他們翻面，為了脫水以及加一品太陽的味道。目前曬了三小時，大芥菜們好像都小一號，不再是ＸＬ大尺碼了。

另一個同時進行的工作，是燒開水，要把水燒開殺菌之後放涼，醃芥菜時使用。開水中添了些鹽，比平常喝的湯味再鹹一些即可。

謝謝老天給了這樣完美的陽光啊！對面的稻田結實纍纍，我們家也不遑多讓！

又過了三小時，芥菜現在怎樣了呢？

他們正一如預期地在陽光下瘦身，已經到了Ｍ尺碼，並且有些皮鬆肉垮，等等應該就能塞進五十年老缸裡了吧?!

農夫拍照愛用比例尺，我將 Brownie 和 Banana 叫來一同入鏡，襯托一下芥菜大軍；可憐的 Banana 被挖起床，一臉睡眼惺忪的模樣，等等帶他們出門走走、補償一下吧。

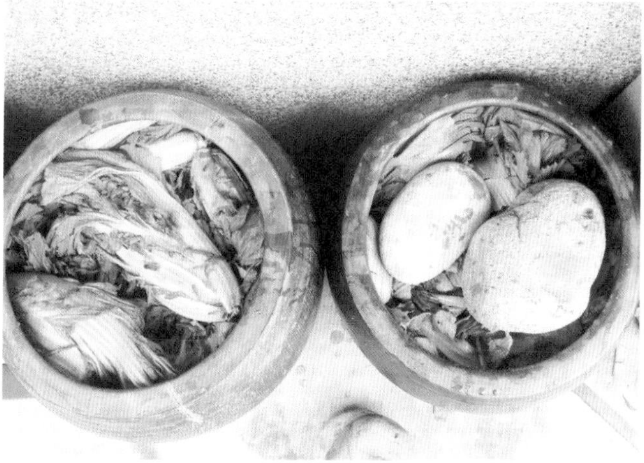

轉眼起床拔菜、曬菜超過十三小時，究竟芥菜下場怎樣了？

鐺鐺！大部分的他們被我塞進缸裡了！愛旅行的我把芥菜想成outlet剛買好的禮物，要完整打包放進我當成行李箱的缸中。

今天農夫上班且忙碌，但農務不能停下，只好用「函授教學」的方式，由我一個人操刀醃菜。將燒開的水添鹽放涼後，芥菜也經過日光萎凋，就可以結合在一起了。不過，還有一個重點，就是要把地瓜刨成絲煮熟放涼，將鹽水、芥菜、地瓜「多元成家」——鹽水負責熟成、地瓜負責提供酵母醣分，這樣芥菜才能美味且健康地老去啊。

值得一提的是，缸中的芥菜與地瓜都是我們自己種的，水用的是自家山泉，只有鹽還無法自製，似乎值得小小驕傲。

這是我塞到缸滿、比較美觀時拍下的照片，之後就是無止無盡地往上堆疊，然後放上大石頭，用壓力把芥菜往地瓜鹽水裡醃。

至於味道如何呢？一個月後見真章。

十一月十日

秋天的時候，新竹農地特別繽紛，各色波斯菊與雛菊盛開，可以媲美北海道美瑛；孩子往田裡一站，就是一張沙龍照。

這樣的景象很美，對不對？但我想談談這個美景背後的醜陋。

首先，為什麼這些農地不用來耕作？種花的農地，許多都與荒地相差無幾，那是政府「補助休耕」政策下的產物；種花只是娛樂，或是種綠肥換補助罷了。

為了加入WTO，台灣從一九八四年開始辦理休耕補助，說穿了，就是政府為了其他產業，用錢買農人的生活工具與技能。而這造就了什麼？我可以談談我所看到的：

第一，台灣糧食自給率年年下滑，目前僅接近百分之三十。

第二，這些年來，老農漸漸沒有氣力耕作，而農業在台灣已然與「沒前景」的既定印象連結，年輕人不想投入。

第三，許多人靠著補助款過生活，不能賣掉祖產（或將農地開高價，等好幾年乏人問津），於是荒地更荒，農業更被廢去武功。

然後，政府開始說要「活化休耕地」，將原本一年兩期補助款改為一期，這哪是活化？這是致農於死吧！養了一隻美麗的鳥，將之關進籠子裡，二十年後說：「我給你的食物改為一半，另一半你自己去覓食。」這樣對嗎？

我們在這裡過生活之後，為了茶花園的擴建，去跟一個鄰居老農租地；他躊躇再三，因為一旦不持續辦理休耕，這款項將來可能就沒了著落。後來，我們用長約與優於補助款許多的價格跟他承租。這個過程中，我明瞭也看到了農人與農業的無奈。

從此之後，看到這樣的美景，總讓我開心並憂愁著啊。

十一月十六日

櫛瓜，是農夫田裡詢問度最高的菜蔬之一，另一個是芝麻菜。這種瓜非常不好種，今年卻大豐收。

看著形狀各異、顏彩斑斕的櫛瓜，好像看著各種外星人的飛行器一樣；特別是飛碟瓜，裡面走出一個小小人兒確實也不讓人意外啊。

十一月二十三日

昨天看到作家蔡珠兒自己醃的酸白菜，也想效仿試試。今天摘了農夫園子裡的兩棵包心白菜，洗淨曬過太陽之後，吃過晚飯就來醃。

白菜對剖，一層白菜一層鹽放進玻璃缸裡；農夫還堅持在菜梗包心間撒鹽，分量完全靠手感，然後把洗淨的石頭放進缸裡、壓在白菜上。

醃菜是有風險的。成了，一缸芳香；敗了，汙水一缸。若是酸白菜和醃芥菜都成功了，應該約個醃菜趴，自家醃瓜、蘿蔔乾、酸芥菜、酸白菜全端上桌，主題就叫「時間的滋味」——從種下一粒種子、一棵種苗，到澆水、拔草，期盼果實豐美，然後手作醃菜，等待日日夜夜醞釀出美味。

十二月八日

剛剛過去的這個星期，我身邊發生一個好美好幸福的故事。

她是我的朋友，也跟我一起練習瑜伽。有一年聖誕之前，我邀請大家練習時為自己許下一個願望，她跟我說，她的願望叫：「愛情」。彼時，她離了婚，帶著三個孩子跟媽媽一起生活，是個快樂的單親媽媽。

那堂瑜伽課結束之後，她在臉書上收到訊息，對方說自己是她小學同學，不是詐騙集團。他說：「我從小學畢業之後就在找妳，也一直在網路找妳，妳去了哪裡？」即使小學之後他們上了同一區的國中，卻從此沒有相遇。而重逢時的他，也結束了一段婚姻，浪跡天涯之後回到台灣，在父母身邊陪伴照顧。

然後，那個願望實現了。他們一如小學時候的親暱，卻又像兩個大人一樣給彼此空間。偶爾，他也會來上我的瑜伽課，從旁聽生，到跟我們一起練習。他總是眼裡含笑地凝望著她，而她總是包容地接納他的所有。

上個星期上課時，我提早到練習場所，聊著聊著，她告訴我，他們決定要登記結婚了。那個剎那，我眼眶發熱——不是因為他們選在瑜伽課之後去登記，更不是因為「婚姻」這個儀式，而是各自奔波了千山萬水，此刻認定了彼此。

對我來說，一生一回的故事不夠美好、一見鍾情也只是故事扉頁，如此千帆過盡了的驀然回首，再攜手走一段長長的路，才是令我心醉神迷的愛情。

十二月三十一日

為自己烤了一個蛋糕，用上許多當令的自家草莓，感謝豐足的二〇一三，也迎向美好的二〇一四。

謝謝相遇的所有生靈，無論善意或是敵意；

謝謝身邊的家人朋友，此生重逢承蒙照顧了；

謝謝老天給的際遇，我將循線繼續享樂與探險。

二〇一四，我來了。

二〇一四

迎接夕陽落進我們身體

一月五日

也許是天意，也許是欲望，反正農夫種花、種樹總是豪氣萬千，比如買土一次要買三百包，或是買松樹一次想買一千棵。於是，我總是滿地找眼鏡與下巴，冀望耳朵聽到的數字是錯誤的……

今天又是一個例子。農夫種松樹要砂質土，卡車就運來了，以為是三噸半的小卡車，哪知道來了一台七噸的大卡車。只見大卡車走在跟車身一樣寬的小徑，轉進地主家，地主大吃一驚——誰家晚餐時刻會想在家門外看到大卡車駛近啊？本來司機小哥計畫倒車倒土進我們茶花園的，可惜技術不佳，車子卡在進退兩難的境地，無計可施之下，只好把土倒在地主家的小廣場裡。還以為空車好退場，錯，司機小哥試了又試，就是無法把車挪出地主家；最後在地主、農夫與我三方幫忙看顧之下，大卡車才有驚無險地離開了。

我正望著那一堆土發愁，不知道要花多少力氣才能運到茶花園裡，農夫開朗說道：「叫好小山貓了，明天早上就來運送。」

唉，也許是天意，也許是欲望，反正農夫種花、種樹總是豪氣萬千，我又在漸黑的暮色裡滿地找眼鏡與下巴了。

一月六日

還記得先前那對小學畢業之後終於相遇、決定人生下半輩子攜手同行的朋友嗎？這一週是他們大喜的日子，我說：「我想送妳一束新娘捧花。」
「我比較喜歡自然一點的。」她說：「不要去花店訂捧花，就剪幾枝你們花園裡的茶花吧。或者，花椰菜也可以。再沒有，路邊的小花都好。你摘來給我，我自己組合，然後再來搭配衣服。」
那一刻，讓我感動極了。有這樣的朋友，真是好榮幸，不被禮俗綑住，願意走自己的路；於是我開始想像她拿捧花的模樣，一定連茶花都閃閃發光吧。
今天一早去茶花園，放肆地剪了各色茶花，或是盛開、或是含苞，等等要直送到她手裡。摘好之後，請我的小公主坐在花的前面拍照，花好美，狗也好美。
祝福天下有情人終成眷屬，我是這樣祈願的。

一月十日

我們家的山茶花，真的變成新娘捧花了！
那天早上我們一起上瑜伽，這週的主題當然是「愛情」：感謝此刻與你攜手的，也祝福過去給過你曖昧、甜蜜或情傷的情人們。我安排了雙人瑜伽，讓這對準新人在瑜伽墊上相扶持。瑜伽課之後，新郎新娘換了裝，新娘還巧手把我們家的山茶花綁成她的捧花，帶著去法院公證結婚了。新郎把照片傳給我，那抹幸福的笑容感染了我；他們還拍了雙人樹式，讓我開心地笑了起來。

一月十二日

清晨醒來，和農夫到田裡種下羅蔓、白花椰菜、綠花椰菜和珠蔥。回家吃早餐之前，拔了一棵四斤半的日本大根，要給今天來的朋友煮蘿蔔湯。

回家之後想想，今日有孕婦造訪，順手把桂圓紅棗茶煮起來替她補補氣；有個朋友長輩喜歡我做的檸檬蛋黃醬，把料備一備，等蛋回到室溫就可以做好當成伴手禮……

搬到鄉下沒識得多少菜蔬，倒是修了不少「主人學分」。從小家裡客人來來去去，也沒認真如何學會招待；等到自己有了家，才知道有些事情寫在基因裡，因緣聚足，就順理成章了。

不過，當主人這件事像是一種走在雪裡的快樂——天寒地凍、舉步維艱、熙來攘往、庸庸碌碌；等客人走了，想起剛剛的話題、或是某個自己也覺得手氣不錯的菜色，會心一笑，彷彿看見大家走在雪中的一排足跡。

一月二十六日

住在陽明山上的好友開玩笑說：「我們好像鄉下人，天氣好的週末都好忙。」

確實如此。平時上班日忙工作，勉力按照進度實現計畫；到了週末忙進田園，悉心照顧菜蔬。可心境是不同的，一種為營生，一種是生活。

今日工作成果之一，是摘咖啡豆。種了三年的整排咖啡樹，收成果子也就這麼一些些；會烘豆子的朋友說，得有一公斤才能烘，我們的自家烘焙咖啡夢頓時粉碎。幸好咖啡豆還可以煮湯，改天就來嘗試看看吧。

二月三日

今天的首要任務是拔蘿蔔，農夫說，蘿蔔要早上拔才甜，因為養分都還收藏在地底下。於是，我們不到七點就下田，要把兩畦蘿蔔全拔起來。我蹲在蘿蔔葉與雜草之間，葉子上滿是朝露，就這樣沾了全身，甜甜的，還有一點蘿蔔葉的辛香氣息。蹲著蹲著，一回頭，已然採收這麼多蘿蔔了。農夫則負責把蘿蔔葉割下，運送到田的盡頭一起堆放。這兩畦田採收之後就要大變身了，成為我們茶花園裡的松柏區。

二月五日

從前看《托斯卡尼豔陽下》或是彼得・梅爾的書，都覺得這些鄉下地方最美的是人情，有別於城市人的冷漠包裝，有種質樸的溫暖。

等到自己搬到鄉下，才懂得作家裁剪故事的功夫，特別是這個即將過去的新年假期，讓我心有戚戚。

離我們家最近的兩戶鄰居，其中一戶平常不住人了，但依然不願意關掉流量豐沛的山泉水，水塔一滿，就從我們廚房窗外的一根細長水管流瀉而下，轟然一聲，近來已經到了每十分鐘一場秀的地步。說了兩年，請他們改進，他們總說是我不習慣……

另一戶大年初一家族聚集，和孩子們玩起丟球遊戲。大人站在自家門口，小孩站在我車子前面，球一丟就往我車上砸，我探了幾次頭，大人也沒覺得有什麼不對……到了初一夜裡，大人率眾買足炮仗，就在我們的小巷弄裡玩煙火。火花一點，炮聲隆隆，小狗大叫、煙霧彌漫，所有炮灰被風吹得我車子滿是煙塵。我走出去說：「別在這裡玩吧。」大人說：「有什麼關係？」

到了我這個歲數，也知道世界上沒有什麼絕對的壞人。他們必然不是意欲如此，他們只是和我價值觀不同，只是覺察能力不一樣，只是習慣這樣過日子，只是……

但我就是不開心。

不過老天待我真好，給了我幾個荒唐故事，也許了我許多美好人情。照片裡駕著耕耘車的劉大哥，是租我們茶花園的地主，從我們搬到這裡來，就一直給予善意，他常說：「能到這裡來就是緣分，大家互相互相。」承租他的土地之後，他常常送我們自己種的柑橘，或是拿媳婦做的越南春捲來給我們當下午茶。

那天我們整治田地，劉大哥看農夫駕著小耕耘機翻土，不知道要翻到何年何月，就自告奮勇要開自己的大機器上場。

老先覺沒兩下子，就跟農夫把田整好了。我坐在上一階花園裡，一直笑一直笑，不停地拿出手機來偷拍。劉大哥發現了，衝著我笑，還用手指比了比，彷彿在說：「別拍了。」

我喜歡這張照片，農夫拿著丈量的竹子走在一旁，跟著劉大哥一起勞動，他們像父子、像師徒、像朋友。這才是我嚮往的田園吧。

所以，如果我重寫這段敘事，應該剪掉上面兩戶鄰居，直接說：「我有個鄰居，他好會駕耕耘車，若是他揮個鞭子，我真的就要相信走在前面的是一隻大水牛了……」

順道一提，上面兩戶鄰居都是鄉下地方會賺錢的人家，而劉大哥領有重度身障手冊，從年輕時就是艱苦人。我記得我們第一次見面的時候，劉大哥跟我說：「我從小媽媽就教我，人家到我們這裡來住，要好好照顧人家。有什麼我能幫上忙的，不要客氣。」他母親高齡九十三，一家四代同堂。

謝謝我的鄰居們，總是不停提醒著：我不住托斯卡尼，也不住普羅旺斯，我住在台灣鄉下。

二月八日

人生中有許多時刻，會突然像是大夢初醒，然後喃喃問自己：究竟是怎麼走到這裡來的？比如說，今天農夫又要值班了，傳了個訊息給我，說他剪了一枝珍貴的茶花品種放在門外忘了插枝，要我處理一下。

插枝我做過，不過那是他處理所有前置作業，我只負責把芽點插進土裡，像是插秧一樣。可這一回，我得自己剪芽點、削剖面、塗開根劑，然後才插進土裡去。

一方面我懷疑這麼珍貴的品種不會被我給扼殺嗎？另一方面我真的從來沒有想到，我的人生會在某個冬日早晨，獨立作業替茶花插枝啊。

農夫說，再不把這茶花插枝，就都枯老了，我只好勉強試試。真的操作之後，其實也就那幾個動作，手法對不對，還得看茶花能不能長大才知道啊。

插好之後，打電話問農夫：「這品種叫什麼名字？」

「上海小姐。」

我失聲笑出來了。九位上海小姐，請原諒小的粗手粗腳，沒有好好善待妳們；也還請妳們努力長大，畢竟這是我人生初體驗啊。於是，我繼續等待下一個人生大夢初醒的時刻，好聽說法叫「潛力」，實際上就是被際遇帶著走。

我臣服，然後努力。

二月九日

趁著冷空氣南下，完成第一個自製蘋果派，簡易千層派皮在這種天氣才容易成功，加上新手運氣，烤得酥酥脆脆又香香，恰好適合搭配酸酸甜甜的肉桂蘋果餡。只是，不太會畫直線的我果然無法完成塔頂的美麗編織，每條線都有自己的路要走，歪歪斜斜、胖胖瘦瘦；但我也不太在意，覺得這樣較有手作粗獷感，反正又不影響口感，內涵比外表更重要，不是嗎？

農夫吃完之後的評論是：「我們最近甜點真的吃太多了……」

二月九日

所有的繁殖，應該從歡愉播種的那一刻，就開始承擔責任。

眼看天雨不歇，園子裡的菜也不能不摘，我們決定冒雨搶收。於是，農夫穿上雨衣、雨鞋，頭頂斗笠、手推獨輪車下田去，不一會兒，家門口就出現了豐收。

晴天很好，可以踩著鬆軟的泥土；雨天也不壞，蔬菜都洗過澡了。至於那些被沖爛的草莓、番茄、醜豆，上天給了陽光機運讓你長成，當然也可以給出雨水末日任你凋落。

三月三十日

初開的紫藤花好美，攀爬枝椏上一串串粉紫色風鈴，風一吹，香氣響了起來。

這兩棵紫藤種下第三年，綻放的美麗愈來愈有規模。做為花架的是老房子從前車庫裡的棟梁，回收的柳安木有了不一樣的春天。

好友特地來賞花，說道：「這樣的美麗真像是天堂。」

是呀，逆光時候，整個園子都是霧紫色光芒，不似在人間。

四月二日

重回台北老區上班幾個星期了。

從前在老區上班時，只看見這裡的頹圮——這是我小時候常來的地方，怎麼繁華都不見了？這回再到老區上班，好像被打開了不一樣的眼睛。每天跟著遊客一起走出捷運，熙熙攘攘，像是要一起去雷門淺草寺向觀音請安；只是他們走進廟裡了，而我要去參道旁邊老文具行打工。是老區改變了？還是我改變了？那些頹圮成了下町風情，不是現代藝術的簡潔有力，而是野獸派的草根生命力。

昨天跟好友聊天，聊到世間一切都在崩壞。或許因為這樣，才看見了崩壞裡溫暖的光吧。我在鄉下帶狗爬山時會看見滿山蕨葉，我喜歡蕨，總覺得他的花語應該是：「處處都是故鄉，自己就是自己的家。」

別朵蕨葉在胸口，無論到哪裡，都要閃著光亮。

四月十二日

昨天深夜回到鄉下，夜霧安靜如薄翼聚攏在車燈前方，安撫小狗睡了之後，我也睡下了。

今天透早起床，和農夫上市場，鄉下市場早已人潮滿滿。買了好吃的芋頭粿，老闆娘還多拿一塊送我們，她的攤子擺在家門口，蒸好了便拿出來賣，攤子上散發著香氣。這種「產地到餐桌」

真是城市人難以想像的，更是精挑細選的有機食品難以比擬；不只因為新鮮，也因為你看得到種植與製作的人情味。

吃過早餐，在院子凝望鳶尾的綻放。這種花美則美矣，卻有種不能天長地久的貴族氣息，花瓣如夜霧薄翼，開到荼蘼就碎去；不像蓮花也用了這些色票，可墜落的時候輕輕地、輕輕地漂浮在水面上成了小舟，和禪意一同搖曳。

四月十三日

晨光裡的小槭樹，紅小袖。

因為氣溫不夠低，台灣很難看到秋冬的楓紅，反而是春天的初生嫩葉像是紅嬰仔，伸著嫩紅膚色的小胖胖手。槭樹也是農夫的最愛之一，去年買下一百棵小槭樹嫁接新品種，偏偏遇上大雨滂沱，成功的只有十棵。

手術成功的小槭樹這幾週婀娜地伸展新枝枒，無限春光。

四月十九日

鄉下清晨起濃霧，早餐時，農夫聊起昨日黃昏的美好。

「先是一場雨，雨過了，我到田裡去把甘蔗砍下來，坐在坡坎上一段一段地削著吃。天氣涼涼的，我一個人看著山景和田景，覺得很幸福。」

「那你應該寫下來啊。」

「但那個時刻就過去了。」他說。

我懂。就是因為這些鄉居生活的美滿很瑣碎、很片斷、很個人，才興起念頭想要記錄下來；有時候只是一陣風的涼爽，有時候只是一隻蜻蜓的羽化，都好希望能一直一直記得那樣的感動。

「不過，」他說：「也可能是因為甘蔗裡的蔗糖和礦物質補充了身體流失的營養，所以感覺這麼好……」

理性也好，感性也罷，反正我們都在鄉居生活裡找到了甜美，對腳下這片土地滿懷感激。

四月十九日

我們愛吃南瓜，也蒐集了各種南瓜品種，可這兩年種植成績都不佳，因為瓜實蠅發現我們愛南瓜，成群結隊住在田裡了。

以栗南瓜為例，去年夏天收成八顆，其中還有些被錢鼠咬過了；去年冬天更是全軍覆沒，血本無歸。

農夫痛定思痛，今年夏天不僅要捲土重來，而且擬定了作戰計畫，只許成功不許失敗！

首先，他只種植綠色品種栗南瓜，因為黃色品種太醒目了，不招蜂引蝶實在困難。

再者，每天清晨六點巡田，一看到母花開就立馬人工授粉，因為八點以後授粉成功率會降低；授粉之後還要套袋保護好，直到小果實跟塑膠袋一樣大，才讓她脫離套袋生涯。緊接著，農夫要為南瓜做好「迷彩偽裝術」——用葉子掩護果實，擾亂瓜實蠅視線，希望他們高抬貴手，放過一瞑大一吋的南瓜寶寶。

我們不用農藥，只好教南瓜野外求生術，跟天地討南瓜吃。

四月二十日

蜻蜓是怎麼羽化的？我從來沒有看過，農夫今早為我拍下照片。

蜻蜓媽媽會在有水的地方產卵，孵化之後的幼蟲要在水裡生長一年以上，然後爬上水塘附近的牆上開始羽化。

應該是很痛苦的過程吧？清晨時分，小小身體從舊殼裡脫出，輕輕的翅膀與空空的下半身等待體液盈滿，然後才像充飽氣一樣，展開雙翅，揹起陽光開始飛翔。

不過，蜻蜓看似柔弱，卻是肉食主義者，吃蚊子也吃蝴蝶、蜜蜂，是田裡的獵捕者，跟童年的想像還真不同。

與我同輩的都聽過小虎隊的〈紅蜻蜓〉，那大抵就是我們童年與青春期的縮影和寫照。如今才知曉，原來童年的紅蜻蜓也沒那麼純真，我們剪裁了輕舞飛揚的美好，卻沒去看煙硝漫漫的戰場。

其實人類的視角沒有蜻蜓那麼遼闊，一如戰馬戴上了眼罩，選擇看見了良善，便可以少觀看一些邪惡，這樣也很好。

四月二十六日

石蓮花會開花？搬到鄉下之前，我從來沒有看過，也不知情。某個清晨在鄰居家看見了，第一眼還以為是自己眼花——就在燦爛如花的綻放裡，一小叢一小叢五芒星細細小小地開展了。

四月二十七日

農夫的櫛瓜大豐收，連公花都花團錦簇，那就奢侈地拿來做菜吧。大廚用鮮奶和檸檬自製起司，添入蒜末、蔥末、海鹽，擠進櫛瓜花裡，然後進烤箱上火微炙五分鐘，就要新鮮上桌了！

微溫口感、爆漿起司、細緻花香，我的大廚朋友真是天才！

五月一日

早上撐傘到田裡散步，看見一隻螳螂掛在芒草上，水滴順著他滑落。想問他是在躲雨？還是在享受雨水？也或許躲避與享受是一體兩面，拍了照片就跟他說再見。

回到家，想著這幾天開心的事：有人因為我的臉書文字而看見另一個世界，有人因為我的瑜伽課而獲得潔淨與釋放。也同時期許，有一天能想當然爾把「我的」兩個字拿掉，那會更心安理得，也開心得更純粹。

有人因為臉書文字而看見另一個世界，有人因為瑜伽課而獲得潔淨與釋放。那都是他們的善因善果，老天慈悲，恰巧放「我」在其間。

五月二日

一日通勤生活挑戰成功！

早上從鄉下開車去上班，下了班再開車回鄉下，想像自己在ＬＡ那樣的大都會裡生活，單趟一小時車程實在不算什麼。只是，對我這個從前視開車為畏途的人來說，真是人生一大突破。

回到家，給自己做晚餐，用的是早上現摘蔬菜——上山採的桂竹筍已經剝好、煮好了，熱一下就是一款簡單的湯；下了麵線，拌上刀工不好的粗粗黃瓜絲，這樣的夏日晚餐也挺迷人的。

還在回味剛剛高速公路上看到的晚霞，突然想起早上在田裡遇到黃蛾，比我的手掌還要大。第一次看到這麼大的蛾，邀請了鄰居八十歲老奶奶一同欣賞，只說客語的她講了一大串話，我想應該也是嘖嘖稱奇吧？

這世界還有好多尚未相遇的美麗，記得要耐著性子，等他們一一顯現。

五月三日

每天下午三點一過，成群蚊子蝗蟲也似密密飛舞在小狗的家，小狗躲都沒法子躲，真是讓人心疼。有些蚊子還在 Brownie 層層長毛裡迷了路，唯有餓死一途。

前兩年還慈悲，種了香草植物，希望蚊子們知難而退。去年開始不得了了，蚊子知道小狗肉香血甜，食好鬥相報，賴定我們家了。

農夫先是用了捕蚊燈，沒想到昆蟲們前仆後繼、飛蛾撲火，沒滅到蚊反而錯殺無辜；弟弟買了高科技誘捕式捕蚊燈，也一樣於事無補。好友推薦了精油、艾絨，都緩不濟急；肥皂與洗衣粉調成的鹼性水，也是不甚有效。

最終還是回到傳統，農夫買了蚊香與電蚊拍，下午一到，就去練「降龍十八掌」，啪啪啪啪、擲地有聲。

偏偏近日工作中也出現許多蚊子，成天耳邊嗡嗡作響；有些還是不諳吸血的公蚊，「小人」二字都扛不起。中年以後勤修身，就拿來練修養，深深地吸一口氣，再長長地吐出去。

敬告眾家蚊子：我家佛緣未到、尚未吃素，欺人太甚者，當心成了糟糠紅玫瑰！也歡迎親朋好友提供滅蚊大法，哪種蚊子都歡迎，最好人道，佛道尤佳。

五月四日

租我們土地的劉大哥妻子兩年前出了車禍，前一陣子動了第三次手術，終於可以順利走路了。借我們土地的鍾家大姊前來探望，兩人認識一輩子了，在我們茶花園裡又是笑又是罵。

「太太手術那麼成功，我送點豬肉怎麼可以退貨？要退，以後你不要再去我家了，也不用跟我媽媽打招呼，你退啊！你退啊！」大姊說。

「不要這樣，真的不要這樣。」大哥說。

「我也是替你開心，我們兄妹一場，我知道你這兩年很辛苦，要替太太把屎把尿，手術那麼成功，以後你就輕鬆了。」

「真的，這兩年真的是把屎把尿，大人大便真的好臭，妳都不知道。」大哥說：「我下週也要去檢查眼睛，說是白內障，老囉。」

「還用說，你看看我的白頭髮，染都來不及喔。」

「心情放輕鬆，頭髮就會黑了。」

「真的不可能。一切都發生得太快了，哥哥走了，爸爸也走了，都是癌病。你太太住院那時候，我爸爸也在醫院，然後說走就走……」大姊紅了眼眶，握了握姪子的手。

我看著大哥，他眼眶也有淚光。我不敢久看，怕自己的淚水也這樣滑下了……

大姊停了一會兒，拍了拍大哥的肩膀，回頭跟我們說：「我剛剛去他家，你知道嗎？他竟然穿著內褲！」

「我怎麼知道有人要來……」

要回家的時候，我跟農夫說，這樣尋常的對話讓人好感動：若不是相識甚久，不會這麼直白又轉折；若不是相知甚深，不會聊了妻子還有亡兄與亡父；若不是這兩年都不好過，不會意在言外、泫然欲泣。

走到家的時候，恰好田裡瓠瓜開花了，農夫說這種花又叫「夕顏」，晚上開、清晨謝，和其他花都不一樣。

而鄰居的對話也像夕顏花，開在不經意的角落，稍不留神便錯過，卻比許多天花亂墜的言語更情深意重。

五月十一日

Brownie 是個溫和友善的邊界牧羊犬，卻一直有著大狗的自尊，他從小就不會在人前翻肚子，好像這樣會暴露出他的弱點，他不喜歡。一直到他長大了、變老了，這兩年的某一天，竟然願意讓我摸肚子了。特別是早上剛起床的時候，他很愛撒嬌，我請求他給我摸肚子，他就照做了。

能遇見 Banana 那樣的小女生，跟我的教養與喜好有很大的關係；而能遇見 Brownie 這樣的大男孩，就是一種福氣了。

五月十八日

我小時候，台灣號稱是「蝴蝶王國」，許多蝴蝶被家庭手工業捕捉做成標本，製作成書籤、杯墊，外銷到其他國家，成為台灣經濟奇蹟的英雄。那時候，有草地的地方就有鳳蝶，像是學會飛翔的花朵，翩翩起舞。

長大以後，鳳蝶都不見了，連蜻蜓也一年看不到幾隻，童年的一切恍然若夢，還以為是前世記憶模模糊糊帶到了今生。

有了鄉下的家之後，才又重新看到鳳蝶。這幾天清晨鳳蝶特別多，開花的白水木上竟然棲息了十隻鳳蝶採花蜜，我一經過，鳳蝶翩翩飛起，彷彿童年回來了。

五月三十一日

最近農夫又迷上養鬥魚了，毫無懸念地，他又讓公母鬥魚洞房花燭了。這一回我恰巧拍到了他們歡愛的過程，就來留個紀錄吧。

首先，公母鬥魚要隔著看見對方的玻璃缸彼此勾引，專業用語是「對魚」。只要他們天雷勾動地火，公魚就會開始吹卵泡，浮在水面上，這是為了之後放受精卵用的；母魚則會肚子一天比一天大，大到肚子出現「婚姻斑」（這太艱深了，反正就是肚子大到不行），就可以把母魚捉進公魚的缸裡。

為何是母魚到公魚家裡去呢？你知道的，女人家總是要含蓄一點，總不能請男人到家裡來上床吧?!哈哈，其實是因為，公魚已經築好卵泡了；另外，照顧受精卵及小魚都是公魚的責任，母魚反而會吃孵出來的小魚。

公魚會先攻擊母魚一至二天，讓母魚知道自己是強壯的男人，值得倚靠。母魚默許了這段姻緣，就會主動去接近公魚，挑逗地把身子湊過去，怎樣的柳下惠都無法抗拒這樣的吸引啊！於是公魚開始用裙襬去把母魚包圍住，而春情蕩漾的母魚啊，竟然就游成橫的，平躺在水中。公魚一看時機成熟，裙襬用力抱緊緊，母魚的泄殖孔會排出卵子，同時間公魚射精，那頂峰的一刻，兩魚都恍惚了。

然後，男人都一樣，做完了就會癱到旁邊去……不是啦，是理性的公魚要趕緊離開母魚身邊，去把一顆顆受精卵用嘴巴拾起，銜到卵泡中，才不會讓卵缺氧。

至於母魚呢？這是最迷人的地方。母魚會微張小嘴，全身僵直，繼續橫躺在水裡，彷彿死去一般。是啊，高潮來臨的時候，就是靈魂出竅，神遊去了……

而故事還沒結束，公魚會立刻再來一發、再來兩發、再來三發……這一對今天做了兩個小時啊！等母魚肚子消了，全身累癱了，從一直來一直來的高潮中醒過來之後，就得移出公魚的缸裡，他們下一回再見面，一樣只為了大戰這三百回合……

六月二日

昨天，被我們暱稱「小青」的那條青蛇再次出現了。這幾年來，她陸續在這個時節出現，上回是被農夫從水渠中救起來，這次是在水圳前和我打聲招呼，就搖曳著通體碧綠的水蛇腰離開了。是端午節了啊。再來天氣就會愈來愈炙熱，適合把心事拿出來曬一曬。

今天早上農夫說了一個故事給我聽，挺振奮人心的。

他的長官相隔十九年，讓妻子懷上了孩子，到醫院檢查時已然三個多月，胎盤卻有剝落的跡象。為了安胎，妻子吃喝拉撒都在床上，還是在懷胎不到五個月時，得把孩子生下來。

這個早產的兒子只有七百二十克，縮水之後不到六百四十克，醫生說：「有生命危險就不要救了，這樣的胎兒就算過了這關，也有將近一半機率會成為腦性痲痺的小孩。」

長官點頭了，卻也和妻子商量好，兒子過了這關，就要好好扶養長大。

兒子在醫院住了一年，滿週歲才敢接回家。醫生說：「這孩子能活，應該是因為媽媽懷胎時羊水不足，他很早就學會探出頭自己呼吸了。」

然後是連續五年檢查與評量，每一回長官帶兒子去醫院，就會看見許多早產兒真的成為腦性痲痺的孩子，而他的兒子又無恙安度，一年又一年。

如今，長官的兒子已經上了小學一年級，就像其他小學生一樣愛玩愛胡鬧，長官跟農夫說：「我只能說，我們很幸運。」

每一株茁壯的生命都是幸運的，即使依然有許多憂愁、許多煩惱壓在肩膀上。不開心的時候練習快樂，像是肚子裡的胎兒面臨羊水不足時練習自主呼吸一樣，一開始很困難，久了就成為技能了。

端午節記得要快樂。那小青，妳下午還會來找我嗎？

六月八日

關於我們田裡的種植，我常常是記也記不清楚，因為有些種苗種下了不一定長得大，長大了也不一定吃得到。

所以，每週回到鄉下、走進田裡，總是有意想不到的驚喜。比如說：一顆橫在田埂上的黑美人西瓜。

是的，農夫種出西瓜來了。他一連種了三年，之前都是結出小果實後便黃爛，今年捲土重來，似乎掌握了訣竅，進入夏天以來已然收成四顆西瓜了。

西瓜甜不甜？呵呵，自己田裡種出來的西瓜，不甜也清涼啊。

六月二十日

準備開車回鄉下時，接到農夫的電話，他說家裡沒水煮飯，要我路上順便買晚餐。家裡用的是山泉水，涓涓滴滴蒐集在集水槽裡，才成為我們的日常與灌溉用水。因此，只要哪個水龍頭忘了關，或是哪個輸送管線脫落了，珍貴的山泉水便會一去不復返，家裡也就完全無水可用了。

那該怎麼辦？農夫得去把家裡、田裡所有水路都巡過，找到問題並解決，然後等泉水水量夠多了，再用馬達打進供水系統，我們才有水用。

我們從不抱怨沒有自來水，反而以自家山泉水的甘甜自豪。本來就是這樣的：滿足，從來都不只有放大了優點，還包括成全了缺失。

等待泉水流淌的時光，就陪陪小狗，聽聽蛙鳴吧，手裡還拿杯微熱山丘鳳梨汁調百靈罈威士忌，給自己一點微醺與放鬆，TGIF！

六月二十八日

你或許不知道，全世界的植物種子其實掌握在少數人手裡；幸好我們愛吃，農夫又愛買，就一邊學習自給自足，一邊蒐集種子。

同樣是玉米，農夫種了不下十數種，但這五年前獲得、號稱全世界最甜的水果玉米，至今仍是我們的最愛。生吃細膩清甜，帶一點青草味；蒸過之後飽滿多汁，多了幾分熟成的甘甜。

於是，每一年播種、育苗、收穫之後，還有個大件事，就是要「留種」——將最晚生、或是最飽足的果實留在玉米株上，等它外葉老去之後，曬乾、保存，才有來年的豐收。

就這樣，我們也擁有了自己小規模的種子保存庫，而且都是鍾愛的品種。

六月二十九日

確實從來沒想過，怕高的我有一天會爬到三樓屋頂上去。但是，身為家裡最「輕盈」的男性，不是我上去清集雨槽好像也說不過去。

我從三樓窗戶爬了出去，顫顫地攀上屋頂，一開始只敢四足跪姿爬行，慢慢爬到屋簷旁，再一手捉著屋頂、一手伸進集雨槽掏雜草，真是最驚險的度週末方式了。

清完之後，想說難得上來，看看風景吧。拿手機拍拍正在紅龍果園澆水的農夫，再拍拍正在大樹下玩水的祈臻小朋友，享受一下登高眺遠的樂趣。

心跳最加速的是下來時刻。向上走，大抵知道前程，因為眼睛長在頭頂上；但往下爬，卻很難看清腳步，只能步步為營、舉步維艱。

Down to earth, here I am.

七月六日

做菜到一半，急急忙忙衝出去，想拍下晚霞紅似火。

好友夫妻好整以暇在最佳觀景位置聊天，歲月靜好。

颱風將至，三人靜默臣服，迎接夕陽落進我們身體。

七月七日

農夫不是說大話的人。只是，農夫在種植與養殖上說出來的話，都很像大話。

比如我問：「要買多少棵松樹？」他答：「一千棵。」

他的想像是一片苗圃，我的畫面是一座森林。

而今年，他說要種出一百顆白居易南瓜時，我半信半疑。

本週好友們來幫忙採南瓜，繼上次收成近八十顆，這次又採收了七十餘顆。就這樣，農夫本年度收穫超過一百五十顆白居易，達成率：超過百分之一百五十。

一百五十顆南瓜耶，聽起來是不是很像大話？

而慶祝收成的方式，當然是吃一頓南瓜大餐——南瓜燉蓮子、南瓜麵疙瘩、雙味南瓜起司蛋糕……豐收的時候，能與好友分享，幸福的事更添一樁。

七月十七日

好希望每天都有夕陽陪伴我開車回家，然後帶著小狗到稻田裡散步。

只是，若每天都有紅通通的晚霞與黃澄澄的稻穗，那就沒那麼深刻。

年紀漸長便明瞭了，人生中的有跟沒有，其實是相輔相成的美好啊。

七月十九日

早上起來拔完草、吃過早餐，和農夫一起開兩台車出門，他去上班，我去市場。

小小市場裡，先去相熟的蔬果攤買鳳梨、香菇，再去每週末才來的非基改豆腐豆漿店補貨；然後穿過肉攤、魚攤，到市場尾阿婆們聚集所在，買她們自己種的絲瓜、苦瓜。

半小時俐落買完兩天份的菜，再開車去車廠驗車。今天沒什麼人排隊，十五分鐘迅速完成一年一度的檢驗。

最後去了趟郵局。領了號碼牌，看著百葉窗外的陽光照進來，旁邊的人大多說著我不熟悉的客家話，恍恍惚惚好像穿越了時空，來到我小時候的郵局，除了會叫號的機器女聲，其他都沒有不一樣。離開的時候才想起，一早上的行程，耽最久的竟然是郵局；開了車就往回家的路走，兩旁稻田都收割了，空空的田地上開始燒著稻稈。

原來，已經好熟悉小鎮上的鄉居生活了。

七月二十日

酷暑的夏天，是農夫最偷懶的季節；別的不說，光在陽光下曝曬，就會讓人了無生趣。但是園子不能一日不澆水，幾千棵松柏茶花嗷嗷待哺啊。

於是我們花了些錢，在茶花園裡牽了電錶，準備安裝弟弟從美國扛回來的自動灑水器，以後每天就可以節省一個多小時的灌溉時間。

八月三日

就是要有知了與甲蟲，才是豐饒的夏天啊。

住家附近有個祕密基地，幾棵光蠟樹上滿滿都是甲蟲，認真吸蜜、認真做愛、認真活過之後，便死在光蠟樹下，散成養分。

八月八日

若不是弟弟當了爸爸，我已經很久不過父親節了。

在我的生命裡，擁有爸爸的時間與沒有他的歲月，到今年恰好一半一半。想起這樣的事並不會讓我感覺憂傷，因為過去沒有消失，而未來總會相見。

爸爸讓我印象最深刻的，是他的淚水。他常在感動的時候紅了眼眶，甚至泛出淚光；而他也不太遮掩，表情自然。因為有這樣的爸爸，我家都是感情豐富的孩子。

若人間的他與今日的我相逢，我想他會訝異三件事：一個是我做過記者，一個是我會開車了，一個是我選擇把家安住在鄉下。

我爸爸也做過記者，而且他車子開得極好；不知道懂不懂農務，但我想他會喜歡鄉下。於是，我與他愈來愈相像，這也是寫在基因裡的祖譜。老天慈悲，讓我愈來愈接近爸爸離開時的年紀，於是我可以倒敘自己的生命，彷彿順敘了爸爸的人生。

而我相信，他一直都在。父親節快樂。

八月十日

蕈菇是我們園子裡的小精靈，不知道什麼時候會來，來的時候形狀各異、瑟縮在角落，卻總被異香洩露了行蹤。比如這朵黃菇菇，就在農夫的廢土堆中突兀地開出來，那香氣比松露還濃郁，像濃縮再濃縮、還添加不少化學物的香菇露。

「我覺得這朵看起來很好吃，我們摘來吃吃看好不好？」我問農夫。

「當然不好。」

家中有人很理智是好事也不是好事，或許這就是天山雪蓮，吃了可以增加一甲子功力、上山下海、無所不能啊……於是我等待下一朵小精靈的到來。最好她還會跟我說話：「吃我吧，吃了我，你所有願望都會來到眼前了。」

八月十六日

李阿伯是我們的鄰居，今年將近九十歲，耳朵重聽、脊椎不好、膝蓋剛動過手術，卻依然堅持每天下田勞動。他是老先覺，修出來的田一畦畦像是拿尺畫線，整齊劃一。

李阿伯會說客家話和台語，而他的太太只會說客家話。所以我每次經過李老太太身邊時，只能跟她點頭微笑；她老想跟我說些什麼，可我就是聽不懂。

那天我正要往田裡去，李老太太追了過來，拿了一個塑膠袋，裡面裝了三顆南瓜往我手邊掛。

「你們留著吃，我們家很多！」我跟她說。

但我們無法溝通，於是步履蹣跚的她跟著我一路走到田裡，走到她先生旁邊，請她先生翻譯。

「阿伯！多謝啦！我們家很多南瓜！」我大聲地跟李阿伯說。

阿伯解釋給老太太聽，老太太才懂。但是，為何她要拿南瓜給我呢？老人家很辛苦地耕作，應該自己留著吃才是。問了農夫才知道，原來剛剛農夫除草的時候順便也整理了李阿伯的田；應該是李老太太看到了，拿南瓜答謝。

等我們農忙完，準備回家了，看到他們老夫妻坐在田頭乘涼休息。兩個人安安靜靜地坐在風景裡，沒有說一句話，相伴了一輩子，還要多說什麼呢？浪漫就只是平平淡淡地過日子罷了。

每個人有不同的愛情路，牽手到老也不真的就是好事。但我很感謝他們在我們旁邊這樣生活——日子有點苦，身體有點差，工作有點累，而他們始終相伴。

八月十六日

花了一整天裝馬達、接水管，黃昏時分，我們茶花園終於可以自動灑水了！等待出水那一刻讓我興奮不已，像是在等待遊樂園裡的煙火，一朵朵綻放在半空中，潑灑成一圈一圈的水花，點亮整個園子。

一個接頭掉下來，農夫衝進水霧裡，淋了全身濕漉漉。這個裝置花了他許多時間，拉管線、接水電，終於完成了；以後每天可以節省一個小時澆水時間，定時還有水花表演，挺不錯的。

八月二十三日

昨天下班回到鄉下的家，吃過晚飯之後，農夫說：「走，來去育苗。」他泡的種子發芽了，要移到穴盤裡，兩個人便走到院子裡去，點了燈工作。先在穴盤裡放滿培養土，再一個個挖小洞，然後把種子一粒粒放進小洞裡，最後才把培養土鋪滿。

說起來簡單，可兩個中年人都有老花眼了，一粒粒種子細如毫毛，又都是珍貴品種，不敢浪費亂撒。忙了半天，終於把深夜農事給完成了。

甘藍菜、佛塔花椰、皺葉高麗菜、尖頭高麗菜、洋蔥、日本大蔥，你們可得認真長大啊，豐收秋天就靠你們了。

八月三十日

早上起來，翻開臉書，看到好友寫著：「恩典夠用。」便覺得被安慰了。人世間大抵都有配好好的緣分——和誰在一起、過怎樣的生活、做怎樣的工作……不滿足，許多時候只是因為在心裡有了比較。

比如我們家的柵欄，根本困不住 Brownie，他只要輕輕一躍，就自由了。然而，就算另外兩個小狗偷溜出去過，Brownie 也只是這樣在柵欄裡眺望，然後安心地在我們給他的庭院裡悠遊散步。外面的世界很精采，裡面的生活也很自在。這是 Brownie 教會我的事。恩典夠用。

九月十一日

親愛的雷克斯：

謝謝你今晚通知了我，讓我知道你在中秋節那天離開了。

第一時間很難接受。這幾天還想起你的旅程，想起愛吃愛喝的你一定正在享受歐洲的美好；沒想到的是，這些於你，已經不重要了。

打了幾個電話，寫了一個訊息，通知幾個重要朋友；然後我閉上眼睛想著你，想著你的笑容，想著你的善良，想著你的手藝，還有，你的歌聲。我知道你笑了，而我也安心了。

親愛的雷克斯，愛旅行的你選擇在旅途中離開，沒有太多苦痛；然後你親愛的同事今晚想起素昧平生的我，請我通知我們的朋友，這些都是你安排好的吧？我驚慌失措，卻也謝謝你，讓我學到這堂功課。

我還要謝謝你，當我是個青澀的瑜伽老師時，你鼓勵了我、支持著我；每每出國時，總問我需不需要幫忙帶東西，還帶禮物送我；你介紹的那家喝酒祕密基地，也成了我與好友相聚的場所。這是我們去年在茶花園拍下的照片，馬克、小賤、你和我，度過好開心的一天。

那天你開車載著同學們來的時候，我正在發脾氣、罵了裝網路的人，而你只是笑著看著我，沒有評價，一樣地支持我。然後我們一起吃飯喝酒，有你在的場合，酒一定要夠好夠濃，菜一定要夠多夠豐盛。那是去年秋天，我記憶最深刻的一天啊。

你出發前，我們約好今年秋天再一起賞花。我一樣會約馬克、小賤來鄉下，說好了，你也要到喔。親愛的雷克斯，願你此刻在光與愛之中，我會一直一直祝福你。走向光的時候，記得要輕輕吟唱這首梵唱喔——

Om / Asato Ma Sat Gamaya / Tamaso Ma Jyortir Gamaya / Mrityor Ma Amritam Gamaya / Om

九月二十日

新竹的山路很有趣，不僅四通八達，而且轉呀轉的，就會看見截然不同的風光。

比如說今天早上，農夫和我要去關西買菜，開車轉過一個彎，竟然遇見愈來愈少見的人工手摘茶葉。

他們正在摘採茶心，用來做東方美人茶；得將盛夏小葉綠蟬咬過的葉子手工採下來，才能做成發酵出蜜香的白毫烏龍茶。

因為只能在最熱的季節工作，這些老媽媽們各有獨特配備——有的頭上戴一頂斗笠，背上也戴一頂擋陽光；有的更酷，乾脆把汽車防熱板揹在背上了！

於是遠遠的，就可以看見陽光在她們身上舞蹈。

九月二十一日

我們院子裡有棵三層樓高的玉蘭花樹，一個疾風週日之後，就在農夫澆水時，竟然落下了一大截枝幹。

有多粗壯呢？大概就是男人的小腿粗，兩個我這麼長。農夫先聽到大樹頂端的聲響，五秒後，整個枝幹就落在農夫後方，他說就差那五秒，否則枝幹就壓在他身上了……

所以我們的防颱措施，先從鋸這枝幹開始。農夫用砍刀去掉枝枒，我再拿鋸子鋸成柴薪長短，留著冬天可以放進壁爐取暖。

巡過菜園、茶花園還有院子，才進到屋裡來，等一個可能會經過家門的虎姑婆。

九月二十八日

秋分之後，鄉下早晚涼意一天濃過一天。今天早上起來，怕冷的我已經想添件薄外套了。帶小狗到後山散步，遇見小溪邊幾叢野薑花，不為人強顏歡笑，只開給天地看，附近的空氣都飄了清香。

十月十一日

連假第一天，Brownie 去看醫生。

他的右手肘小時候就曾磨出一個小腫塊，那時不影響活力，吃吃藥、改變生活環境，也就消腫了。

快要十歲的這個秋天，他的右手肘又腫起來了，這一回讓他很不舒服，不太想散步走路。農夫帶他去看醫生，醫生說，應該是因為 Brownie 太重了，腳的負擔太大，解決方法是——要他減肥。

唉，來到鄉下生活四年，Brownie 體重從二十二公斤直線上升到二十九公斤，這還算中型犬嗎？他的媽媽體型也大，應該是遺傳的緣故吧。而邊界牧羊犬體態流線，細細雙腳支撐著全身重量，體重太重，確實也不好跑跳啊。

親愛的 Brownie，只好委屈你一下，每天少吃一點，多做點運動，趕快好起來！

十月十二日

相較於農夫喜歡珍貴稀有的植物，我喜歡的不一定是「品種」，而是「相遇的方式」。我喜歡「自來樹」——或許是風、或許是鳥、或許是緣分，植物就這樣自然而然來到身邊，那便是最美好的相逢了。

比如這一棵黃花風鈴木，研判應該是不遠處農場的路樹結出種子，飛到我們院子裡。他還不是落在土裡，而是在水泥地的裂縫裡扎根，然後被盆栽與野草淹沒；農夫發現了，問我要不要留，我小心翼翼把他連根拔起，修剪了受傷的根系，再種進盆子。

我喜歡這樣的樹，他們通常生命力旺盛，有一種無論如何都要生根茁壯的魄力；果然，種了兩個星期，小樹已經開始有了姿態。

查了資料才知道，原來黃花風鈴木是巴西國花。種一棵黃花風鈴木不容易，這棵小樹得好幾年光景才會開花。

無論綠葉或是繁花，無論細小或是高大，你都是園子裡讓我傾心的樹。

十月十五日

能和一個狗狳養情感關係，是我人生最美好的事情之一；更幸運的是，我擁有不只一個狗、一段關係。

今天，是我的掌上明珠 Banana 十歲生日，我得在台北工作，不能陪在她身邊；打電話給農夫，把手機拿近她耳邊，她聽到呼喚，還以為我在附近呢。

（毛孩子總也不老，不管幾歲，他們都像孩子一樣純真，並且活在當下。）

親愛的 Banana，生日快樂，謝謝妳如此這般陪伴著我，無論我們有沒有在一起，都是心繫彼此的。我也知道，有一天終要道別離，那一天到來之前，妳都是我掌上、心中，最溫暖的牽掛；那一天到來之後，先離開的依然會守護對方，直到永遠。

能和一個狗豢養情感關係，是我人生最美好的事情之一；親愛的 Banana，如果留下來的是我，我依然會繼續和狗豢養情感關係，一如妳，一如 Brownie。

十月二十六日

每年深秋，都會開始猜：哪一株茶花會先開？什麼時候開？

今年的答案揭曉，早珍珠豔冠群芳，率先綻放了。

農夫說，今年農曆閏九月，茶花應該會晚一些開，這朵開早了；而且該滾的紅邊忘了帶上，幾乎是朵純白的茶花。

而我知道為什麼。

在我心裡，預定好要把最早開的茶花獻給提早離席的友人，雷克斯。

花解語，只用胭脂輕點花心，其餘重瓣，潔白美麗。

十一月一日

馬鈴薯種下四週，已經長到三十公分高，農夫開始再次覆土，把畦加高。因為馬鈴薯不像地瓜往土裡長，而是結籽在周圍，若是土不夠深，馬鈴薯寶寶曬到太陽會變綠長出龍葵鹼，就不能食用了。

對的季節、對的方式，加上風調雨順，作物大抵都能按部就班地長大；順應自然，就是宇宙的法則。

十一月二日

農業社會不是樣樣好，但有些美德卻因此彰顯，比如說，互助。稻田收割時候需要大量人手，於是你幫我、我幫你，整個村子成為互助團體，成全彼此。而這樣的相互扶持，在商業社會的利益競爭裡，確實容易變了樣。

觀音長輩家院子裡枯了幾棵樹，請吊車一一拉倒之後，七十歲的長輩自己揮著電鋸，將枯木鋸成等長大小，然後打了電話給農夫：「媽媽說，冬天到了，你們家需要燒柴火，怎麼樣啊？要不要開車來載啊？」

於是，我們開著十四高齡小貨車，載回滿滿一車好木材：櫻花、梅樹、酒瓶蘭、蘭心木、南洋杉……

其實，長輩可以請吊車把枯木全部吊走，更不需要揮汗如雨鋸木頭，只是想起了我們，做了這麼許許多多。我們能回饋的也太少，長輩們愈來愈捨不得我們做事了，於是邀他們天冷時來家裡，一起起爐火。

今年冬天一定特別溫暖，因為壁爐裡燒著滿是人情味的柴火。

十一月九日

最近，小狗們散步的河堤旁邊，一個很微妙的轉角處，蓋起了一幢房子。兩樓半的房子裡，可以欣賞到一百八十度的河流、青山與稻田；但從馬路看過去，不僅是大路沖，而且突兀地蜷在一角。

果不其然，是台北人來買下的土地，並且與老農合作「配建」的。（配建，就是在老農夫名下的老建地上蓋房子，不受《農發條例》的限制，房子蓋好五年後再過戶。）毛坯屋蓋好後，就停在那裡了。

一如宜蘭稻田裡的豪宅，新竹這裡也有許多這樣的景況。坦白說，若不是我們幸運買到建地，大概也會成為現在我們所不喜歡的人，變成一枚良田裡的釘子。此刻的我們懂得台北人的心情，也能體會鄉下人的感觸。

台北人（或說都會人）看起來沒有錯，想嘗試鄉間生活，《農發條例》又規定只要買一塊夠大田地，兩年之後蓋房子，一切就是合法的。鄉下人看起來也沒有錯，《農發條例》就是要興旺農人，順著漲勢賣土地，一家身價今非昔比，一切都是合理的。

那誰錯了？政府錯了，《農發條例》沒有發展農業，反而滅了農業，大片大片的稻田都成了別墅，國家自給率節節衰退。

還有誰錯了？我們這一代都錯了，只想著眼下自己想要的生活，沒有管下一代職業欄裡有沒有「農夫」這個選項。

農田可以很快蓋成房子，房子可以很快變成廢墟，但廢墟卻很難變回良田了。

畢竟，要做成一個決定，合法與合理是不夠的，還得合情才行。

十一月十四日

最近常常撿到羽毛，就當做是天使的 come out（出櫃／現身）。

只是，常常前一刻還提醒自己要把羽毛收好，下一刻羽毛就不見了。

就像這支飄在擋風玻璃上的白羽毛，拍照之後，便被下一陣風吹走了。

這樣也很好。收下天使的心意，然後把祝福送出去，給每一個需要被祝福的人，不管認識或不認識、喜歡或不喜歡。

十一月十六日

翼豆，是田裡豆莢中最有個性的。別人長得扁扁或圓圓的，只有它有稜有角，像是長了兩對翅膀在身上。

農夫今天值班，早上交代給我的工作是去田裡施肥：扛一包二十公斤有機肥，一把一把撒在菜蔬旁邊，還不忘囑咐他們要長好長壯。種植的步驟其實不算多：鬆土做畦、播種或植入種苗、澆水、除草、施肥，然後就可以收成了，可箇中學問卻得靠經驗的累積。施肥就是一個例子。前陣子農夫試用基礎肥，鬆土的時候混進土裡，然後才把菜種下去；沒想到雜草也跟著升天，每畦田都是菜中有草、草中有菜。這一季開始，我們鬆完土之後就把菜種下去，先看自然長勢，長得起來的才給肥料，效果反而不錯。

在田裡施肥時想到，先給基礎肥的是「父酬者」，成長時期雜音多，難以成大器；後來給肥的得靠自己，先掙出一片天，才能天助自助者。

十二月一日

Brownie 生病了。他從小愛咬自己尾巴靠近背部的一小段，像是一種癮頭，把那段咬到毛都沒了。從前要是他自己咬破了，拿些消炎藥吃一吃就會好，沒有大礙。

Brownie 這一胎的小狗，身上都容易長小肉瘤，他除了尾巴有，肛門和嘴巴、耳朵也都有。

這一回，吃了兩週的藥沒有見好，小腫塊愈來愈大。農夫帶去給龍潭的獸醫看，獸醫說：「應該是惡性腫瘤。」

因為腫塊硬硬的，刺下去不是膿、而是血，加上已經有血管增生了。獸醫建議，要立刻做全身健康檢查，迅速開刀拿掉。

「惡性腫瘤」四個字真的很沉重。農夫決定要帶回台北，給我們本來的醫生看，我也先去跟那位醫生做了諮商。

剛剛，我們帶 Brownie 去了醫院，醫生說：「確實惡性的機會比較大。」

不過，我們和醫生討論了動刀以外的可能性。

Brownie 這個月底就要十歲了，動刀對他來說是有風險的，加上腫瘤的位置其實不好縫切，更不確定會不會復發、要不要做化學治療，這些對於他的生活品質、生命品質都有嚴重影響。

於是我們做成了決定——不動刀，只吃營養補充品，從體內幫助 Brownie 對抗這些腫瘤，無論腫瘤是良性或是惡性。只要免疫力強過腫瘤，就會在他的身體裡達到和平共處的平衡。我們做了選擇，然後看老天給予什麼樣的路途。

親愛的 Brownie，我只希望，你在這個世界上的每一天，都是開心又快樂的。而我會努力朝這個目標前進。

十二月十四日

一個小狗執意跟我們回家，該怎麼辦？

昨天傍晚帶自家小狗去散步的時候，遠遠跑來一個輕跳的小狗，應該是剛成年的小男孩，想跟Banana玩，又不怕Brownie，我們在河堤邊開始追逐起來。

回家時間到了，這個小狗竟把自己當成我們一伙人，要一起回家。無論我好聲好氣要他回家，或是拿著掃把嚇阻他衝進我們家，他就這樣乖乖地窩在角落裡，搖著尾巴。

怎麼辦呢？我只好先回家做飯，假裝置之不理，可內心戲卻不斷上演：他會不會無家可歸？是不是覺得我們家很溫暖所以決定委身？如果他不走了我們能養他嗎？

沒想到，這小狗竟然跳過柵欄，衝進院子，我只好抱著他回到原來相遇的地方，希望有人見過這個小狗。被我抱著的時候，他夾著小尾巴，雙眼含著淚光，還不時回頭倚在我胸前，真讓人憐愛。

鄰居們的答案是：「沒有見過這個小狗。」一放下來，這小狗以衝百米的速度，比我早回到家，假裝自己是看門狗，好整以暇地等待，還跟我搖尾巴、發出撒嬌的聲音，彷彿在說：歡迎回來。

農夫回來以後，檢查了一下，應該是沒打晶片，牙齒非常健康，對人也很親暱，而且餵飯的時候愛吃不吃，只吃狗食、不吃鮮食，也沒狼吞虎嚥。農夫研判，大概是四腳白蹄，被載來丟棄的小狗，之前有被好好對待，毛色發亮。

我喚他：「新來的」，他也跟其他兩個小狗相處融洽。都是男生的緣故，「新來的」會兇Brownie，Brownie卻以禮相待，真是我們家的模範大狗。

我們準備了一個紙箱、一件保暖衣物、一盆水，讓他在門口睡一晚。可心裡還是有牽掛的，希望睡醒之後他還在，否則天寒地凍，一個小狗該怎麼辦？又希望睡醒之後他回家了，否則家裡要再養一個小狗，狗群和人又要適應新生活。

清晨醒來，答案揭曉，「新來的」好好睡在箱子裡，還跟農夫、小狗去散步，然後再次假裝自己是一家人，進到院子裡玩耍。

到田裡農忙時，我問農夫：「他要叫什麼名字？」農夫還在想，或許有朋友願意認養這個乖巧又親人的小狗。

然後我們回家吃早餐，悵然發現，「新來的」走了……

真心期望，他找到回家的路，繼續回去當一個可人的毛孩子。

十二月二十一日

我喜歡蕨，在幽暗、潮濕角落裡，長出巨大、怪奇大葉子，還有鹿角、巨獸、女王、象耳這樣遠古森林的名字，對我來說超有吸引力。

也因為喜歡看蕨，我們認識了龍潭這家苗圃，笑口常開的老闆、老闆娘在入口處用自家蘭花供奉觀音，說起蕨類來頭頭是道。

後來有那麼一次，我們看到了老闆的孩子，粗粗大大的男生，和這個世界有些隔閡，看到人稍有畏縮，卻十分認真地工作著。我想，應該是生了這個和別人不一樣的孩子，老闆夫妻才在家工作，成就了這片苗圃吧?!
不是每棵植物都愛陽光，不是每個孩子都愛合群，不一樣又怎樣？
我在院子大樹下，種下了鹿角、巨獸、女王、象耳，讓每棵植物在合適的地方成長，不管一樣，或不一樣。

十二月二十三日

親愛的 Brownie，十歲生日快樂！
我不知道在狗的世界裡，「生日」有沒有特別意義；而在人的世界裡，「生日」是一個記號，標記你來到這個世界的年歲，還有與我們相處的日子。
在我記憶裡，所有與你相關的事都是溫柔敦厚的：我們第一次見面，兄弟姊妹都睡著了，只有你醒著和我們嬉遊；朋友把你交給了我們，回家路上在我腿上的箱子裡，你暈著車；奔馳在百貨公司的大廣場裡，你有自己的粉絲會從咖啡店或是頂樓房子衝下來和你玩；剛搬到新竹不適應地一直想上車回家，現在卻懂得照顧家園；你是家裡的老么，卻是最穩重踏實的一個……
親愛的 Brownie，狗的十歲是人的七十歲了，而你始終是個孩子。今天不能陪你過生日，但我保證，我們會努力讓你的每一天都開心充實。
親愛的 Brownie，謝謝你。

十二月二十七日

明明相同年份出生，我卻常常懷疑農夫和我的童年是平行宇宙，各不相干。

比如說，今天早上看到一株美麗的燈籠花植物，我問農夫：「這是什麼？」

「『落地生根』啊，」農夫說：「小學課本不是有學過？」

有嗎？我怎麼一點印象也沒有?!

然後他拔起了一片葉子，種入另一只盆子，解釋一番：這種植物的葉子可以生出根系，無論飄落到哪裡，都可以繁殖成自己的家，所以得名。

原來如此啊。如同我們的平行宇宙，農夫較之於我，真的是「落地生根」一族人。我們買下這塊土地之後，他就長成這裡該有的樣子，不像我一直有著「台北人」的生活樣態。

而這株開花的植物大抵也為這一週做了總結——和一對許久不見的姊妹花朋友相見，眼眶發熱地說著別後的林林總總，還有她們即將落地生根的新生活。職場上也換了一種方式工作，體會再一次扎根……

有個想移民的好友跟我說，家人擔心她移民之後，將來就是「客死異鄉」。而她回答道：「有父母在的地方就是家，父母不在了，哪裡都可以是家。」

是啊，人生其實也是落地生根。靈魂來到這個世界，就把這裡當成家；將來離開了，哪裡都可以是家。

可以把心放下來的地方，就是家。

十二月三十一日

就要褪下二〇一四年這件衣裳了，對你來說，這是怎樣的一年呢？

我的二〇一四，結束在老天給的驚喜中。從晨間新聞到農夫恐嚇，都說今天下班回家會嚴重塞車，於是我做好強大的心理建設，從坐上車開始，就預期前途多舛。

前方車速一慢，就覺得開始要塞車了，結果只是等個紅燈，或是道路縮減；高速公路上更是順暢得不得了，只有北上的車道動也不動，讓我擔心起他們是否趕得上煙火。

於是，我被眷顧著比平常還早回到鄉下，那些哀愁的預感、心裡的小劇場什麼也沒真實發生。

就這樣順暢迎向二〇一五吧，許多困頓往往只是心中的投射罷了。新年快樂！

二〇一五

你今天開悟了嗎？

一月十一日

今天是「菜脯日」，先把去年醃的菜脯拿出來曬冬陽，再把上週做好的年輕菜脯壓進玻璃罐裡保存。

葡萄酒講究「風土條件」，其實農產品都是這樣的。一樣都是自種自製的菜脯，去年陽光不夠，醃出來的蘿蔔乾發酵味比較重；今年陽光充足，曬出來的蘿蔔乾韻味十足，特別香醇。中午拿新鮮菜脯煎蛋上桌，真是美味。

菜脯要保存，就要放進罐裡，一層層把蘿蔔乾壓緊，減少空氣接觸。祈臻小朋友生在農家，也幫忙整理蘿蔔乾，放進罐裡給她爸爸壓緊；她一邊工作，一邊找尋特別形狀的蘿蔔乾。

「這兩個合起來，就是一顆愛心。」她嚷著。

而我開始期待去年的蘿蔔乾在罐裡熟成，變成老菜脯，那種鹹中回甘的甜滋味，真是需要歲月的醞釀啊。

一月十七日

最近常常和農夫到位於關西的一個苗圃，或許是送茶花過來，或許是來買盆紅梅、剪些砂糖橘，看著一望無盡的植栽連著遠山與天空，就覺得好美。

這個苗圃與我們淵源甚深。從前在鎮上租房子時，小狗散步的河堤旁邊就是他們種茶花的所在，大家也就這樣認識了；後來我們也開始種茶花，加上農夫工作的關係，跟他們愈來愈熟悉。

而我最欣賞的，是苗圃女主人，她說起植物頭頭是道，做起生意時而精明、時而迷糊，扛起資材力氣比我還大，招呼客人、使喚員工都體貼又得體。而在曲折的家族故事裡，她也是那個支撐全家的力量。

聽她說客家話習慣了，好久好久之後才知道，她不是客家人。出身台灣中部的她，嫁給先生之後才學客家話，這讓我對她的敬佩更深一層。

「我們這兒很多女人都是嫁到這裡才學客家話的。」農夫說。

「那，有男人娶了客家女子之後才學客家話的嗎？」我問。

農夫想了想，搖搖頭。

唉，這個社會還是不夠平等啊。

一月二十三日

某天，農夫問我：「我們的花園應該取個名字了。」

我點點頭，問他：「那要叫什麼？」

想了好幾個，都沒感覺。

「就叫『椿莊』吧。」我福至心靈說道。

「椿」，是茶花的古名，日本漢字至今沿用。

「莊」，是樸素的家園，位於青山、河川與稻田的山窩裡。

英文名字「Green Shelter」，綠色庇護所，是我們蓋房子時，為這塊土地、這幢房子取的名字，期許家人和朋友來到這裡，都能獲得溫暖與力量。

就這樣，「椿莊」成立了。

細心的朋友發現，拆字之後，「椿莊」便是「木春艸壯」，藏在字裡的，就是我們的心意——發芽的春樹、壯碩的植栽，是我們對於花園的期許，也是我們對於世界的期待。

一月二十五日

親愛的 Brownie，我們家的大寶寶，我知道戴上頭套讓你不開心，但我跟你說，你戴頭套還是一樣好帥。

而我想，很多事情你心裡是明白的。明天，你要上台北動手術，我們會把你交給師醫生和徐醫生，他們會為你安排一切；你要放寬心，我們也會放寬心，畢竟關於未來，我們誰都沒有把握。

喔不，應該說，關於此生的未來，我們誰也沒有把握；但關於未來的未來，我們卻可以信賴。

我是這樣相信，並且這樣走過來的。

你生病以後，對我們來說，每天都是放手的練習；然而，我們也在這個練習裡學習更多更多。

比如說，我們明瞭許多好友對於你的關心，不因為你是狗，而與人不同。

比如說，我們接收許多新資訊，並在選擇之後不遺憾、不後悔、不回頭。

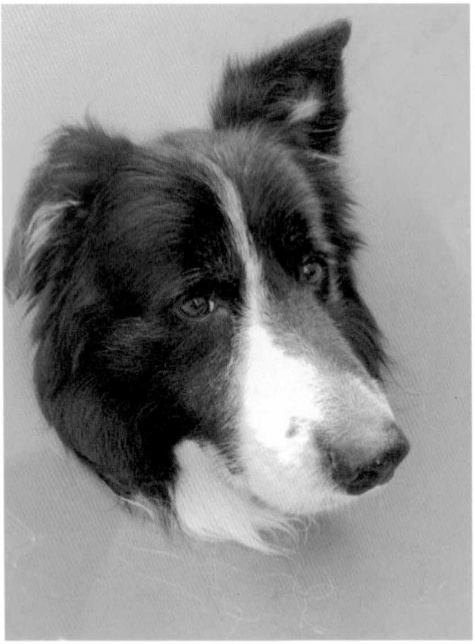

二〇一五

比如說，我們知曉所有事情自有安排，一條線引領一條線，織就成錦緞。

比如說，我們更認識了自己，一層又一層，像是剝洋蔥，直到最最內裡。

親愛的 Brownie，我們家的大寶寶，我們都會更勇敢，也衷心期望，你會一直一直開心快樂，直到最後。

一月三十日

回到鄉下的家，為自己升一爐火、泡一杯茶，告別整個星期的慌忙與迷亂。

剛剛過去的五天，先陪伴小狗動一個大手術，再陪伴媽媽動一個小手術，穿插其間的，是緊繃與忐忑。

感謝老天，媽媽與小狗一切安好，於是又可以舒緩地呼吸了。

有朵茶花名字忒怪，名叫「蓬萊仙境」，卻挺適合此刻心情。再來不是就平安順遂了，但至少此刻還算閒適安和，一呼一吸之間，就是仙境。

仙境不在遠方，而在心上；去過仙境不代表不會墜落，只要墜落時記起一瞬寧靜，又能重返仙境。

一月三十一日

廚房紗窗上，飄來幾片白紙，還在想是哪家孩子把紙撕碎了玩呢？

黃昏時分帶小狗去山上散步，抬頭看見，亮了的月娘、開了的李花，啊，原來淘氣的不是孩子，是李花。

李花開了，一月過完了。

二月二日

某次愛情週年聚會，我不小心說出一句至理名言：「真正相愛的人會選擇當朋友，不會選擇做情人，這樣才能確保不會分手、不會撕破臉。」

是啊，我就這樣擁有好多真心相愛的好朋友，特別是日子緊繃得像拉滿的弦時，他們知道了，不說一句話來到身邊，一起聊天、唱歌、吃消夜，溫暖相伴。

這一天，好友們開車來看 Brownie，我們一起帶狗散步爬山，一起下田摘蔬菜水果，一起到茶花園農忙，一起吃飯喝酒。一如在鄉下住了幾年，每回看到滿滿收穫還是很感動；和好友即使常聚首，每回暢談之後，還是好開心擁有這樣的情誼。

致比愛情更濃烈的，友情。

二月七日

都說狗活在當下，那是有多當下？

Brownie 尾巴和屁股長了腫塊，這兩個月來，我們看了三間獸醫院、五個獸醫，得到的答案是：「以腫塊的位置和外形來看，惡性腫瘤的機會非常大，要摘除下來進一步化驗。」

前兩個星期，Brownie 尾巴的腫塊破了，血流不止，我們決定送到沐樂動物醫院，給師醫生和徐醫生治療。臨要動手術那天，又發現多了幾個腫塊，不得已之下，只能選擇截掉尾巴。

手術動完之後，剛剛甦醒的 Brownie 趴在地上疲憊喘著氣，啞啞地發出呻吟，他不清楚自己發生了什麼事，只感覺到身體的劇痛。

第二天我去看他，牽他去散步，明明剛剛還焦慮地想離開醫院，一看到綠樹與落葉，他就這樣對我微笑了。忐忑的我拍下了這樣的他，那時候還有好多變數——手術會不會影響便便失禁？腫塊究竟有多惡性？而他的笑容穩定了我，至少我們依然緊緊相伴。

第三天我牽他去一樣的地方散步，他嗅聞綠草地之後，蹲下來便便了。那一刻，我真的感覺到自己擁有了整個世界的幸福。

沒有尾巴的 Brownie 似乎變小了，像他小時候一樣，沒了公狗張牙舞爪的尾巴，體態更渾圓了。戴著頭套的他知道自己沒了尾巴，偶爾會低著頭失神；但大多數的時候，他還是像從前一樣活力四射，熱烈地擁抱每個當下，快樂時快樂，疲憊時疲憊。

然後，一個我幾乎徹夜失眠的早上，沐樂動物醫院來了消息，說檢驗報告出來了。

「兩處的腫塊檢驗之後，都是良性的。」

師醫生一個字一個字打訊息給我們，我卻愈看愈不清楚，眼睛就這樣起了霧……

再一次，我擁有了整個世界的幸福。

Brownie 身上依然有其他腫塊與不那樣好的數據，但這一次，我要當個狗，活在當下。吃飯時吃飯，睡覺時睡覺。禪宗的教誨，當個狗最能明瞭。

三月十四日

早上到茶花園工作時，只覺得這些小黑松忒美，農夫放在八角盆裡挺藝術的。

我一個人工作到一半，來了客人，是那個已經來園子探頭探腦兩年的男人，臉上總是堆著笑，卻掩不住生活的滄桑。往往是他下了夜班之後，清晨來探我們的班，也不用人招呼，他自己會走進園子裡，深呼吸幾回合，然後怕叨擾太久似的，有禮貌地離開。

「他有交代你嗎？他幫我買十棵黑松。」他說：「我要開始玩樹了！」打電話給農夫，確認盆子裡的黑松是給他的，替他裝了箱，以為就要說再見了。可他走到樹蔭下，歪著頭，似乎在等我。

我走近，他涓涓地說起了自己的故事：

來自東部大山大水的他，為了生活，到桃園車廠做烤漆工作，一做十數年，還在龍潭買了房子，卻把身體給搞壞了。

「車廠空氣裡有種東西，我腎臟一直結石，還吊著點滴工作過。」

於是換去台北做園藝，偏偏遇到壞老闆，做了兩年，決定回到龍潭附近養雞場工作。

「薪水只有以前的一半，但身體要顧。」

還有一個原因，他是單親爸爸，從小兒子還包尿布，就獨身帶大兩個男孩。為了兒子，他不敢談戀愛，深怕自己若是再婚再生，不能給兒子好的成長環境。

「老二是打棒球的，還拿過青少棒世界冠軍！守外野，但全身是傷，動過好多次手術……」

現在的他日子過得清閒，自己種菜，因為農夫的關係開始接觸松柏類的盆栽，終於下定決心買幾棵樹玩玩，盼望日子和樹一樣淡泊挺拔。

「這一路好多人幫忙，以前車廠老闆給我房子住，說是要我順便幫忙顧車廠；後來在外面租房子，房東要賣房子，哥哥姊姊建議我買下來，不然現在哪買得起？沒有這些人，日子過不了。」他說：「現在車廠老闆還會問我要不要回去做案子，我都說房貸、車貸都還完了，我不要再那樣工作了。」

我對他笑了笑，在春天的早上相互取暖，然後揮手道別。

而我也終於知道，為什麼一早會起心動念拍下松樹照片——清晨那個我預知了，這些黑松會伴隨一個有愛的男人將來的歲月，直到兒子都離開他的身邊、長大成人了，他依然可以有黑松作伴。別問種樹的人那些舊傷口，去了頭、剝了皮、接了枒、彎了幹，還不都是為了豐美的明天？

三月二十二日

春分這天，我們在田裡忙碌一整天，還跑東跑西，運送資材。好不容易吃過晚飯、喝了白酒、泡起晚茶，準備放鬆一下，農夫突然說：「好了，要出去切鐵。」

真的假的？開玩笑吧？什麼是「切鐵」啊？

沒想到，農夫是認真的，他要我穿上外套到院子裡幫忙，然後，真的用電鋸開始切鐵了……大把大把火花飛舞在院子裡，打在水泥地上，還會反射出更多小火花，轉眼間，鋼筋就被切成一小段一小段了。

原來是農夫想在推車上ＤＩＹ一個護欄，好運送盆栽。但這樣的ＤＩＹ實在太驚人了，我看到完全目瞪口呆，腦袋裡只想著：「啊，好大、好驚人的仙女棒啊！」

三月二十八日

週間過得愈動盪，週末愈想嘗試沒做過的菜，彷彿是種治療，緩緩慢慢地讓自己身心復原。

這週嘗試的是橄欖油漬番茄乾。摘取自家在欉紅番茄，洗淨對切，撒點鹽、淋些橄欖油，放進烤箱用一百四十度烘烤七十分鐘。

烘烤好的番茄乾涼了以後，放進玻璃瓶裡，剝幾片蒜瓣，放幾枝自家種植的迷迭香與檸檬百里香，然後用初榨橄欖油密封番茄乾，蓋好蓋子，送進冰箱。

明天可以摘生菜葉做沙拉，或是烤比薩、做義大利麵，當成提味淋醬。雖然還不知道味道怎樣，可慢慢製作的過程就很舒心。

真好，食物於我，永遠都是療癒祕方。

三月二十九日

這是個寂寞的星球啊，許多人會突然之間，跟我說起他們的故事。

我們啟動二號茶花園創建工程，為了接水管和馬達，農夫帶我跑了一趟水電材料行。一走進這個空間，我便落入回憶中。我的爺爺是個修機器的人，無論他搬到哪裡，都會有個這樣陳列器械和工具的祕密基地，空氣中會飄散一種屬於男人自在的、漂泊的味道。

老闆走過來，我更愣住了，梳理整齊的銀白色髮絲，直條紋西裝褲搭上印花 polo 衫，就是我爺爺那輩受日本教育的風範。

「老闆，你們在這裡做生意多久了？」我問。

「四十年。」他答。

「四十年還能整理得這麼整齊，不簡單。」

突然之間，真的是突然之間，無預警地，老闆說起了自己的故事……

學校畢業之後就到基隆當學徒、學修船，那時候的基隆，是全世界重要港口。後來，回到新竹開一家馬達工廠，最多時候養了二十個員工，接聖誕泡生意。

「聖誕泡？」

「你不知道喔，就是掛在聖誕樹上面那個啊！以前，新竹是全世界生產聖誕泡最多的地方！」

「喔，聖誕燈泡啦。」

然後老闆娘加入敘事行列，開始說起養員工有多麼麻煩，明明接了許多工作，員工卻說要去看病、不想來工作……

老闆娘是苗栗客家人，嫁來新埔客家庄，就忘了娘家客家話，從此只會說先生的語言。

「後來政府還沒開放，那些聖誕泡工廠就都跑到大陸，我乾脆把工廠收起來，回到新埔來開水電行。」老闆說。

四十年前，老闆開了這家水電行，四十年後我走進這裡，竟然憶起不曾想起的爺爺。

爺爺也曾做小生意，生產當時罕有人會製造的棉花糖機。於是，我的童年永遠有吃不完的棉花糖，滿足了身體裡的甜點魂……

農夫看著老闆調整馬達，我看著爺爺的影像重疊著老闆。時光悠悠，爬上工具牆，從今爾後，誰也無話說。

這是個有故事的星球啊，我們分享彼此的故事，然後不寂寞。

四月四日

農夫回鄉掃墓，帶回一株蘭花，名喚「毛豬」。內瓣心形，彷如海芋長了蕾絲，外瓣如五芒星，嫩嫩黃綠色，實在看不出取名的人用意何在？

昨晚，兩朵毛豬一起綻開，彷彿雙生花，黃昏之後有隱香，天明香氣就黯然了。

農夫也愛蘭花，沒見他怎麼照顧，可許多花穗年年報到；特別是春節前後，一串串虎頭蘭、報歲蘭接連綻放，一開兩、三個月，百日紅替我們院子增添文人氣。

仔細觀察，發現農夫種蘭花很「鬆」，放在對的地方、對的時候澆水給養分，其餘的就交給節氣。

人也應該活得很「鬆」，喘不過氣的地方不要去，壓迫你的人不要靠近；呼吸短淺的時候，記得你的心也拈著一朵花，嘴角上揚就能深呼吸。

四月五日

這個長假是我的僻靜假期，蝸居鄉下，一個人拔草、墾荒、看電影。

最開心的是兩個小狗，他們每天早上看我從家裡走出來，會先歪著頭確認，然後像是拆開聖誕節禮物那樣，狂叫狂奔狂喜。

農夫上班以後，我拔完草，就去觀察小狗在哪裡。Brownie 蛋蛋沒了之後，兩個小狗卸下性別藩籬，反而更如膠似漆；不只夜裡睡在一起，午覺時候也形影不離。

平常只有農夫在，上班就讓小狗獃在狗屋裡，怕他們不懂躲突然來的風雨，也怕他們吵到鄰居。但只要有人在家，小狗就可以在院子裡遊蕩，想睡哪裡就睡哪裡。

這一天，他們依然找到最有風的地方，Banana 整個睡翻了，Brownie 看我在拍照，還撐一下下，後來也不支倒地。

我看著他們倆睡姿，襯著旁邊的割草機、機油、汽油桶和中耕機，突然笑了出來。他們小時候住在台北東區，睡的是皮箱與棉被，跑的是貴婦百貨鋪上地磚的廣場，如今落得這番田地，不知道他們怎麼想？

而我知道，有我們的地方就是他們的家，他們才不在意睡青草地或是人工草皮。我們的眼睛想看見全世界，在他們眼裡，只要有我們就心滿意足了。

這不是愛情，什麼是愛情？

四月六日

鄉下一日常常是這樣的：清晨起來，做完瑜伽練習，到田裡找農夫回家吃早餐，望見嬰兒藍天空和棉花糖雲朵，感覺自己和天地一起呼吸。

然後是早餐、搬運、拔草、日曬、喝水、煮飯、沖澡、午餐、午睡、搬運、拔草、日曬、喝水……等再次抬頭望向天邊，已然彩霞滿天。

藍領階級滿身臭汗回到家，手臂痠疼、指甲與指肉接縫處被扯痛著，還會狐疑地想問問自己：這一切是為了什麼？

相較之下，白領階級投資報酬率比較高，坐在辦公室吹冷氣，薪水就會進到戶頭裡。

不過，人生也不是為了吹冷氣而來的，我們終得學習到時間不只為了交換金錢，也可以交換其他更重要的東西。

比如說：那片嬰兒藍天空、棉花糖雲朵，還有一個木春艸壯的家園。

四月十二日

農夫又有壯舉，這一回，他向山上種菇人家訂了一群段木，包括相思木、楓樹、杜櫻等樹幹，植入菌種後發酵三個月，才送到我們院子來。

我們在玉蘭花樹下和竹林旁整理出兩個香菇區，地上擺了穴盤和飼料袋隔絕白蟻，讓段木棲息在不會被陽光直曬的蔭涼處，每根段木相距一個拳頭，將來每個月上下反轉一次，四個月後，據說就會長出香菇……

「再來還要挑戰什麼？」來幫忙的好友問。

「養蜜蜂。」農夫不假思索回答：「我已經在找蜂箱了。」

四月十八日

兩個人一天可以種幾棵樹？答案是：一百三十二棵。

農夫和我清晨就開始移植這些樹木。一年前，我們把小樹種進排水帶裡；一年之後，小樹的根系已然超過排水帶，就得要移植到土地裡；將來，再慢慢把排水帶裡的土剝掉，就會成為裸著根卻能頂天立地的大樹了！

烈日當空、幾乎無風的早上，我們把樹一棵棵搬上車，載回二號苗圃；午餐之後，再一棵棵把小樹種到地上，並把鋼條釘進土裡，支撐小樹。幸好二號苗圃離家很近，可以不斷補充水分而不至於中暑暈倒。

傍晚時分，終於完成了本日工作。回頭看著這些小樹們，彷彿可以看到數年以後蔚然成林的模樣。農夫做起這些事來痲利極了，我則常常陷在自己的天馬行空裡。比如說：做出版又愛用面紙、衛生紙的我，會在高溫裡全身濕透來種樹，不就是一種因果業報嗎？

四月十九日

我的人生在長大以後，有兩回真真切切地感受到「一窮二白」——一次是從北美洲旅行三個月回來後，一次是鄉下的家蓋房子時。

因此，鄉下的家一切以「實用」為最高指導原則，沒什麼多餘裝飾，就是一幢長在山坳裡的樸實農家房舍。只有幾樣讓農夫和我愛不釋手的物件，兩人商量再三，勒緊褲帶買了下來，成為剛剛擁有房子的我們的少數收藏品。

兩只豬槽和另一只馬槽，就是最珍貴的三樣。農夫出生農家，這些對他來說很有熟悉感；我則是想拿來種荷花，把豬和馬的餐具拿來再利用，和我們院子挺搭配的。

只是，這些石頭打鑿的餐具都非常重，要移動位置，得家裡有幾個大男人一起出力才行。所以，上回放在院子角落之後，就再也沒動過了。

上週整理院子時，農夫看不下去了，決定要移到屋角來，怎麼移呢？我們一人抬一邊上推車，再搬至定位，然後慢慢挪移。說起來簡單，卻費盡我所有力氣，好不容易放好了，我已然虛脫，再無氣力欣賞。

本週回到家，看著這兩只豬槽才覺得美，特別是小狗們也愛倚在旁邊睡覺，盛開的睡蓮、小狗的笑臉，挪移的那些辛苦也就值得了。

至於當年一窮二白的我們倆，住到這裡之後愈來愈富有了；富有的不是存款，而是眼界——清晨來訪的五色鳥、門前跳躍的樹蛙、園子裡豐美的樹木、滿山茂密的綠意，還有兩顆知足的心。

四月二十四日

上週五要返鄉時，開了車門，一片漆黑；插了鑰匙，車子依然不為所動，一種巨大的寧靜把我包圍，我的腦袋則是一片空白。

過了半晌，我聽見自己喃喃的聲音：「車子怎麼了？」

打電話給農夫，才知道這叫做「車子沒電」，找了師傅帶行動電池來通電，車子就又生龍活虎。開回家之後，鄰居是修車師傅，請他幫我檢測一下，以防萬一，決定本週換顆電池。

好啦，今天去開車時，竟然舊事重演。這一回，我不想再被巨大的寧靜包圍，我決定自己解決問題。

「上次看那個師傅通電似乎不難。」我跟農夫說：「你電話教學吧，我想我可以的。」農夫明瞭我的機械白癡指數，強烈建議花錢請師傅來通電；可我心意已決，問明如何操作以及最可怕的後果，我決定一定要學會這個「一技之長」。

好友出國，心中跟他報備一聲之後，把他的車調了頭，跟我的車耳鬢廝磨，然後，頭一回自己打開引擎蓋，而且一次打開兩台！最後再拿出兩頭有夾子的厚重通電線。

我給自己一點靜默的時間，說是要深呼吸，其實是要搞懂兩顆電池的正負極……然後，用夾子夾上好友車子的電池，另一頭，準備要接上我車子了……

這才發現，兩台車靠得不夠近，通電線接不到啦！只好再次挪車，兩台車幾乎要親吻了，才能再一次上夾子。當正極遇上正極，負極就要接上時，我的心跳聲迴盪在地下四樓停車場裡，手還微微抖著。兩極都接上那刻，一小陣花火冒出來，來不及害怕更來不及欣賞，得快快去發動我的車……終於，車子有光亮了啊！

拔掉兩車之間熱熱的電線，我心裡想：人都中年了，怎麼還那麼多里程碑啊……

四月二十六日

一出門，看見鄰居灰白頭髮的丈母娘拿著竹竿，在瓜棚上面掛了喜幛，愣了好大一下。

「我們今天要過桐花季！」丈母娘一手拿著竹竿、一手扠腰，用細細尖尖的嗓子這樣聲明。

接下來，他們家來了一車又一車的客人，現在正在烤肉烤地瓜、還放送著九〇年代的西洋歌曲。

嗯，好喜感歡樂的早晨啊。

我常常覺得自己在文化上扎根不夠深——出生在平埔族最後消失的嘉義，小時候只會講台灣話。幼稚園來到台北之後，因為只能講國語，竟然把台語徹底忘掉；相好的朋友，也以外省家庭居多，飲食、生活，都很不像本省人。然後，買了一塊地，鄰居都是客家人，開始學聽客家話。

昨天來的朋友說：「花蓮的原住民、外省人、閩南人、客家人恰好各占四分之一。」

我突然明瞭，我的文化其實就扎根在這座島嶼，恰好是我這輩人的某種時代縮影。

或許，這正是老天爺安排我們住進客家村的意義吧——為我的文化背景，拼上最後一塊拼圖。

五月三日

和年輕同事一起工作的這幾年，每年都可以收到他的愛心檸檬，他外公自己栽種、從屏東寄上來、他再分送給我們的。

而檸檬塔，是我最愛的法式點心，試過的版本也不少，這次終於用愛心檸檬試出了目前最滿意的版本，還將原配方少糖、減油、加酸、去吉利丁，讓內餡更滑順濃郁。這個版本將檸檬皮混入內餡，檸檬味更足；加上最後打入奶油，所以奶油要用得好，才能先吃到檸檬的酸，然後嘴裡浮出奶油的香當成後韻。可惜的是，偷懶用了現成塔皮，奶油味道差，以後還是得勤勞些，自己做塔皮，才能裡應外合。順手把內餡配方食譜記錄下來：

砂糖一百六十克，檸檬皮兩顆，檸檬汁一百六十毫升，蛋四顆，無鹽奶油一百六十克。

一、砂糖與檸檬皮混合，再加入檸檬汁與蛋，打勻。

二、隔水加熱並攪拌，至攝氏八十度離火，放涼至六十度。

三、放入室溫軟化的奶油，用電動攪拌棒打勻、放涼，即可填入塔皮，進冰箱冷藏。

四、上桌之前，撒上新鮮檸檬皮。

五月十日

鄰居桃樹結實纍纍，送了我們一大盆，農夫加了二砂熬成果醬，香氣撲鼻，彷彿添了香精。他自己很滿意，還給我出了考題：「這星期用桃子果醬做個甜點吧。」

我一直想嘗試千層可麗餅，趁著難得有自家果醬，決定來試做看看。

三百克低筋麵粉，加入四顆雞蛋、四十克砂糖、一小撮鹽，再混合八百五十毫升牛奶，拌勻成稀麵糊後過濾，最後加入五十克溶化的無鹽奶油，調勻放入冰箱三十分鐘。

平底鍋用餐巾紙沾溶化奶油擦拭，開始煎可麗餅，兩面金黃後攤在盤上，抹桃子果醬。就這樣一層餅皮、一層果醬，重複到麵糊用完。最後將層層疊疊的千層可麗餅放進冰箱，待餅皮涼透，較好切開。

這種甜點其實不難做，就是費工，得耐著性子才能享用甜美果實。吃的時候擠上冰涼打發鮮奶油，麵皮軟中彈牙，果醬酸甜可口，搭配起來挺合拍的。

五月二十三日

昨晚入睡之前，大門感應燈突然亮了。小狗都在窩裡睡著了，究竟是什麼經過？早上發現，Banana 昨晚沒吃完的飯莫名減少了，到底家裡來了什麼訪客？

「可能是貓。」農夫揣測。

鄉下的貓很原始，他們狩獵、他們躲人、他們來去自如，過著和祖先相同的生活。我在溝渠邊尾隨一個貓，他顧步自盼散著步，優雅得一如跳著小步舞曲，映照水裡倒影，那一幕真美。

然後農夫到儲物間拿工具，我們主屋外從前養豬的小豬舍，竟然在角落裡發現一個漂亮的小奶貓。他張大眼睛看我們，想跳跳不高、想跑跑不掉，應該是媽媽把他藏在這裡，外出找東西回來餵他。

於是，昨晚感應燈亮起與今早狗食物減少都獲得合理解釋，彷彿看到了貓媽媽找食物的辛勤。我們家有狗，有農夫剛養的金絲雀，再加上這對貓母子，真是人畜興旺，還不用準備貓食與貓砂。遇見貓，是最幸福的事，更何況是自給自足的自來貓。

五月二十四日

農夫有個長輩從前經營金絲雀園，以前他帶我回南投時，總會繞到長輩家請安，順便看看鳥兒。我也因為這樣，才知道金絲雀不是只有黃色。

台灣早期曾被稱為「金絲雀王國」，向來有繁殖金絲雀的傳統，因此，台灣可以看到各色金絲雀——綠的、黃的、白的、橘的，而且各色金絲雀唱起歌來就是不同。

因為長輩緣故，農夫當時一口氣養了各色金絲雀，甚至還自己幫鳥配對，生出小鳥送朋友。剛到新竹來，他還帶了一隻金絲雀，卻因為籠門沒關好，鳥飛走了，他懊喪不已。長輩疼他，這兩天又送了他一隻白身灰頭的金絲雀；我則心疼鳥籠太破太小，買了一個大鳥籠給鳥兒住。

「我想叫他『小灰帽』。」農夫說。

「那為什麼不叫『甘道夫』？」我說。

我們都愛《魔戒》，特別是灰袍巫師甘道夫，後來，甘道夫克服心中最深的恐懼，打敗炎魔，成為法力最高的白袍巫師。這個小鳥的配色，是不是跟甘道夫很搭襯？而且，飾演甘道夫的演員伊恩·麥克連還是多元成家的重要推手。

就這樣，這個年輕小鳥有了一個老名字，甘道夫。

金絲雀有一副好歌喉，唱起歌來自己就是八部和聲，音階可以一層又一層，彷彿迴旋梯，而且完全不會走音。

長輩送農夫時，說這鳥還太小，不會唱歌。可到了我們家第二天，甘道夫竟然迎風自盼唱起歌來了。

「可能是飼料的關係吧?!」農夫說。
「應該是院子裡有許多鳥，甘道夫想跟他們說話吧。」我說。
就這樣，甘道夫來到我們家，也替兩個小狗增添許多生活樂趣，他們會側耳聆聽甘道夫唱歌，然後想著：「這小東西肺活量也太大了吧。」

五月三十一日

這時節回到鄉下的家，空氣裡都是玉蘭花甜甜蜜蜜的味道，地上滿是花瓣，有的潔白無瑕，有的已然凋萎，一歲一枯榮。
玉蘭花盛開了，這棵三層樓高的老樹再次青春了。從二樓望著她，好像望著龍貓的大樹，樹上還有數不清的蟬和鳥；不一會兒，公車應該就會來接我們了吧?!
有回看天龍國所謂「專家學者」寫專欄，提醒買屋的人要當心有景觀的房子，因為「蟬聲蛙叫讓人難以入眠」，看得我啞然失笑。
我們這裡，夏天的蟬鳴與蛙叫確實響徹雲霄，卻也沒有人覺得刺耳，就好像住在海邊的人不會把浪濤當成嫌惡設施一樣。對比於城市裡的車水馬龍，自然聲響反而成為難以承受的噪音？
嗅著花香，聽著蟬鳴，五月最後一天了。

六月六日

懂占星的朋友看著我的星盤說：「你要找時間獨處，最好去內觀或閉關。」

我挺愛獨處的，卻還沒勇氣去內觀；修持不夠，仍無法苦行。而每週末可以離塵而居，就是這個階段能力所及的閉關了。

「我的內觀是一個人旅行，那是我最好的充電方式。」我這樣回答朋友。

院子裡今天開了一朵重瓣鐵線蓮，枝條纏纏綿綿，每回只供養一抹紅，花兒兀自綻開，映在水泥牆上，像一幅畫。

人如鐵線蓮，最終都是一個人。孤單不是憂傷的事，學會孤單才能學會生活，學會孤單才能學會無入而不自得。

六月十六日

療癒師朋友送了我一本書，《阿納絲塔夏》，敘述一個住在西伯利亞森林裡的女子分享人與天地共處的智慧。書中說，天地萬物其實是為人類服務的，但人類卻畏懼大自然，選擇住在自己建造的水泥城市裡，斷絕了與天地的連結。

阿納絲塔夏，這個俄羅斯女子說，請把種子含在嘴裡，讓身體的訊息被植物知曉，然後種進土地裡，長出的果實就會是這個人所需要的；而蜜蜂，可以把人的訊息帶給植物，是大自然的傳訊者。

剛看完這本書，農夫竟然就要開始養蜜蜂了。趁著好友帶孩子來，我們一起架設蜂窩。找個樹蔭下，用磚塊架高，就可以把蜂盒放上去了。

農夫說，蜜蜂會先派出工蜂到處找合適的住所，找到之後，就帶著甫成年的蜂后與分家的蜂族進駐；我們等待一、兩個月，應該就可以開始養蜜蜂了。他還誇下海口，將來啊，我們家的糖分就可以自給自足了！

七月十一日

昨天還狂風暴雨，今天早上起床，竟然陽光露臉。

我們居住的小縱谷一早開始忙碌起來，割稻機穿梭在田裡，後面跟著一群覓食的白鷺鷥，恬靜安好的畫面讓人幾乎忘了昨日陰霾。

時間愈走愈快，眼下還有結實纍纍的稻穗，或許下午就被收割了。沒有人駕馭得了時光，那就順著流走，用相同的眼，看四季流轉，看初遇離別。

八月一日

家裡又有兩名新成員初登場——兩隻小太陽鸚鵡。

藍月圓滿的晚上，我開車去接這兩個小傢伙回鄉下。一路上，他們用嘴和爪子扣在籠子上，兩個背靠著背，爭著要看車子前方的風景；然後晃著晃著，兩個小傢伙瞇上眼睛，好似安安靜靜地沉睡了。

那天，媽媽在東區的家樓上洗衣服，陽台上，竟然搖頭晃腦飛來一隻鸚鵡，媽媽跟他說話，他便靠近，媽媽給了他一只棲息的箱。然後，媽媽把鳥和箱子拿到樓下，竟然，窗外又飛來一隻一模一樣的鸚鵡，媽媽把窗打開，問箱子裡的那隻要不要跟窗外的那隻比翼雙飛？結果，窗外那隻就這樣飛進了箱子。

這一藍一紅的腳環查不到原本主人的資料，上了幾個鳥論壇也沒發現附近有人在找鳥。媽媽買了籠子和飼料，等了一週，決定讓我載回鄉下的家給農夫飼養。

這兩隻鸚鵡很親人，一看到人靠近，就會靠過來；甚至會躺在地上、翻起肚子、要人撫摸，應該是從小養在手心裡的吧?!而且應該是兩隻一起長大，夜來了，他們會依偎入眠，那情景，好有愛。

就這樣，我們的家庭又擴大了。這塊土地召喚了許許多多的緣分，相互依偎作伴。

（關於他們的命名，農夫取為「小藍」和「小紅」，用腳環顏色識別；祈臻小朋友叫「小藍」為「小蜻蜓」，「小紅」為「啄啄」，這兩隻鸚鵡有了兩組名字。）

八月二十三日

入秋了，怎麼都沒有香菇的消息？

農夫打電話問了菇農，他們山上香菇也毫無動靜，大概是氣候愈來愈難預料，植物們也亂了生理時鐘。

菇農告訴農夫，要將段木淋水六小時以上，保持潮濕，才有利於香菇生長；於是農夫昨天清早忙了一小陣，水管、接頭、長梯子，藉著院子裡的玉蘭花樹支撐，完成簡易灑水系統。

今天早上，準備開始淋水儀式，農夫操作之後覺得沒問題，就出門上班了。我這個雜工小弟守著段木，鼓勵香菇快快生長，但，怎麼覺得水愈淋愈大呀？

喔，原來是下起雨了！早知如此，昨天就不用架設系統了啦……

這就是人生。

不過，也沒什麼路是白走的，至少，我這個雜工小弟明瞭了接水管不是艱難的事；還有，賺到一天不用拔草的假期。

八月三十日

好友一家來度週末之前，給了我一個訊息：

「你會煮紅豆飯嗎？昨天發現女兒長大了，需要慶祝一下。」

聽到這個好消息，趕緊上網找一下食譜。一般紅豆飯用的是糯米，我們吃晚餐，糯米不合適，找了一個白米的版本：

一、紅豆泡水三小時以上，再換乾淨的水，水面超過紅豆三公分，用大同電鍋外鍋加兩杯水蒸煮。

二、電鍋跳起後，離鍋放涼，紅豆會持續吸水，飽滿得如一顆顆喜訊。

三、白米三杯洗淨加三杯水，放入吸飽水、放涼的一杯半紅豆，再加三分之一杯鍋裡紅豆水染色，放進電子鍋，加一小撮鹽及一大匙初榨橄欖油。

四、飯煮好之後，上鍋之前，撒上芝麻即可。

鄉下的家像人民公社，我們一起養孩子，這一晚，我們慶祝女孩的成長，然後聊著：下次會吃誰的紅豆飯？

九月五日

連續下雨兩週、沒去拔草的安逸結果，就是很難認出這田裡種滿地瓜……

這種氣候，雜草早已開花結籽，又長出新一代，地瓜藤只能在雜草縫隙裡殺出一條血路，匍匐前進。要拔這雜草也真不容易，即使戴了厚手套，仍然可以感覺到莖幹的鋒利，像手裡握緊了麻繩，和頑強生命力與地心引力拔河，手心、指尖都是疼。

我本來就愛吃地瓜，這樣胼手胝足種出來的地瓜，一定會更珍惜的！

九月十三日

農夫最初為了讓我喜歡下田，買了一雙迷彩雨鞋送我，後來被太陽曬到變質，容易進水，只好換掉。第二雙換成和他腳下一樣的黑雨鞋，前幾個月莫名其妙遇到一根直立茶花園裡的釘子，就這樣刺穿鞋跟、刺進我的腳。

「那這次為什麼又買迷彩的？」我問農夫。

「你比較『新興』，所以買這種給你。」

雨鞋是下田的必需，防水、防泥、防蛇；只是下了田往往灰頭土臉，趁著一切還清白，水圳邊拍下它的青春身影。

穿著迷彩雨鞋，我們的鄉居生活繼續大步往前走。

九月二十日

今天早上看到兩隻愉快的豆娘，忽然想到：歡快，是人生最接近開悟時刻吧。

所以，不要這樣問話：「你今天開悟了嗎？」

九月二十八日

「你們那裡風雨大嗎？」朋友紛紛來電、來訊息關心。

「我們……我們正在……接鸚鵡回家……」

是的，農夫說他自己的鸚鵡開關被那一對自來鳥小藍、小紅給打開了，從此之後，日日夜夜上網搜尋鸚鵡身影與知識，興起養大型鸚鵡的念頭，然後費了九牛二虎之力說服了我……

就這樣，這個杜鵑颱風天，農夫和我開車一小時，到另一個小城鎮的荒郊野外的鳥店裡，接回這對鸚鵡，再慢車一小時開回家。

他們是「粉紅巴丹」，原產於澳洲，灰色翅膀、粉紅身體，配色挺時尚的。這一對今年八歲，組過家庭、生過小鳥，據說可以活到四十歲。

「他們要叫什麼名字？」回程的風雨路上，農夫問。

「灰灰、粉粉如何？」我說。

左手邊是男生，身子較紅、體形較大、眼睛虹膜深黑，個性比較穩定，取名「灰灰」；右手邊是女生，眼睛虹膜是紅棕色，很容易被驚嚇，閨名「粉粉」。他們也有台語名喔，叫做「阿撲仔」和「阿粉仔」。

就這樣，我們家從植物園邁向動物園，以後若是養大象、長頸鹿，一定通知大家！

九月二十九日

颱風時刻，我的瑜伽教室煙雨檐廊外，一隻人面蜘蛛八風吹不動地停在自己的網上。做完呼吸練習，再做體位法，蜘蛛仍然安靜停在那裡。我們面對面相望，彼此狐疑。風愈來愈大、雨愈來愈急，蜘蛛依然如如不動，棲息在凝水網上，跟宇宙一起脈動。風平浪靜的今天清晨，蜘蛛才動身，緩緩吐絲爬下一樓，結另一片新網，等君入甕。誰說有風雨？那只是你的心不平靜罷了。

十月十八日

種了半年的香菇，終於長出來了。
晨光裡，厚厚香菇傘亭立段木上，挺迷幻的景象。
只是生吃都不夠，加上量少，真要曬成花菇不知還要等多久。花開堪折直須折，中午就入菜來吃吧。
食物里程：零。

十一月八日

農夫的「鸚鵡魂」持續燃燒。帶回粉粉與灰灰不到一個月，他開始物色其他鸚鵡。

「不是說就養一對嗎？」我問。

「我從來沒答應過！」他答。

接下來是無止盡的攻防戰。最後，他以「帶你去看鳥」為名，領著我在短短一百公尺鳥街逛了兩小時，就在我快要崩潰之際，迅雷不及掩耳地決定要買下一對對我來說「莫名其妙」的鸚鵡。

「這真的是你『最愛』的鸚鵡嗎？」我已經沒有好口氣了。

「不是……」他說：「但我喜歡的，你不讓我養……」

那一刻，我彷彿看見小男孩因為太想要夢想中的模型車卻不能如願，只好寄情樂高組裝車……那什麼是他最想要的鸚鵡呢？答案，喔不，應該說本尊，就在我崩潰於鳥街的二十四小時內迅速出現了！可見他的「鸚鵡魂」多強大而熱烈，那一整天都掛在網上找鸚鵡……

（金剛鸚鵡叫聲太大、金剛鸚鵡會活七十年、金剛鸚鵡需要更大空間展翅……我方戰線節節敗退，潰不成軍……）

於是，昨天農夫和我帶著鸚鵡站台去接了這個「綠翅金剛（紅金剛）」回家了。

這「綠翅金剛」叫「荔枝（奶雞）」，出生於二〇一五年三月十八日，雙魚座，是個愛撒嬌的男生，七個半月的他正在換毛，據說換完毛會非常帥。（我取的）別名叫：「雪中紅」！（也很想叫他「妃子笑」呀。）

「以後不會再買鸚鵡了吧？」我問。

「奶雞需要同類陪伴啊，再來還要幫他找個老婆⋯⋯」農夫答。

十一月二十三日

我人生中有些第一次來得非常晚，比如說，焢窯。

農夫今年地瓜大豐收，為了招待幾家常來的朋友，他提出一個好點子，焢窯，而我也從來沒有焢過窯。

只是，昨天下了幾場雨，泥土鬆了不少，農夫為了依據他童年時「雪屋」的搭建方式，耗費不少心力；終於在我極力建議下，改成「煙囪」，然後開始燒旺柴火，直到土塊變黑燒紅，再放進地瓜、雞蛋與蒜頭雞，再將土塊推倒，蓋上細沙保溫，開始燜燒，再來就靠經驗、等時間了。

雖說是第一次焢窯，但我只看一眼，其餘步驟皆靠轉述得知，我返家進廚房張羅吃食，唯恐工作勞累的朋友們回到家沒飯吃，竟有幾分懂得了做媽媽的心。

一個忙碌而美好的週末，忙著交心。

十一月二十九日

早上我還沒有完全醒來，就聽到農夫在院子裡洗菜，打開窗簾，芥菜都已經收割了。

「今天要醃大菜?!」我不無驚恐地問。

「菜都老囉。」他答。

好吧，研判應該是上週要醃菜，結果忙忘了；早上他巡田澆水，福至心靈想到了，再加上氣候合宜，就決定了今日農活。

洗好了菜，太陽還沒照進院子，就把芥菜放好準備日曬萎凋，另外再準備一大鍋鹽水與一小鍋自家栽種地瓜籤，也淘洗好大缸與石頭，要來一年一度醃菜樂。

十二月十三日

許多蟲子不是群居動物，又沒有窩，他們到哪裡睡覺呢？

清晨澆水，農夫跟我招了招手，白水木最高葉心裡，竟然有十幾隻蚱蜢和蟋蟀棲息；我躡手躡腳地拍了照片，他們還是動也不動。

這真是一張好床鋪，和他們身子一樣顏色，就不怕獵食者找著；加上葉片豐厚，睡起來應該挺舒服的；我不知道他們有沒有體溫，這樣依偎取暖，應該很甜蜜。

漂泊的人嚮往安穩，安穩的人嚮往漂泊，不知道蟲子有沒有這樣的兩難？渺小的時候渺小，偉大的時候偉大，虛弱的時候虛弱，強壯的時候強壯，安住，就很迷人。

十二月十九日

第一次拔草，才知道世間竟有如此無聊的瑣事，重複相同的動作，拔到腰瘦背痛、指縫發疼。第十次拔草，慢慢找到了門道，身心往不同的方向去：身在鄉間、心在城市，各有各的趣味。第一百次拔草，說服自己不做不行，是我們主動選擇這樣的生活，不去拔草，田就被淹沒了。第一千次拔草，終於知曉這是動禪，一切由心造，感覺療癒是因為相信療癒，外面沒有別人。第一萬次拔草，行雲流水、動作俐落、心境清明，身心專注在天地之間，那個當下便是永恆。然後，第一萬零八次拔草，覺得好無聊，太陽好烈、雜草好多，怎麼人間還是無止境的苦……

這就是人生，沒有什麼可以永恆不改變。

十二月二十六日

離開學校的第一份工作，是在一個廣播電台裡企畫製作深夜節目。那時候的主持人就住在陽明山上，有時候冬天下了節目，她會載著我們回到山上的家，大家一起烤火、聊天、吃消夜。想睡的時候，火爐前就是我的床位，迷迷糊糊地睡去，依然可以嗅見柴火的溫度。

後來大學好友搬上陽明山，每年去她家烤火成了冬天最美好的事情之一，特別是她會在平安夜準備一棵聖誕樹、一隻火雞、幾道好菜、幾瓶好酒，我這個不過聖誕節的人也感受到相聚的溫暖。

等到我們要蓋房子了，我也期望家裡有這樣的壁爐可以烤火，特別是鄉下的家面朝東北，爐火一升起，家裡的溫度就整個揚升了。

漸漸地，好友們都有了孩子，看著孩子在烤火，總讓我想起那首黃鶯鶯的歌：〈我曾愛過一個男孩〉。孩子呀，希望你們懂得，狂野的火其實有種安定的力量，當爐火慢慢地燒著，什麼過不去的，也終會過去。

十二月三十一日

二〇一五最後一天，看到朋友們寫感言，都用上「雲霄飛車」的字眼。不過，我的二〇一五倒是一種「各站皆停」的狀態，像是離合器沒踩好，停頓一程又啟動一程。

這樣的一年，還是有許多開心的事，比如看見妹妹找到幸福，還有，多了一個姪兒。

Q2趕在二〇一五最後一天登記入籍了，取名：陳祈睿。祈，和姊姊一樣，是爸媽的期盼；睿，則是爸媽期許他擁有智慧。

話說弟弟挑的月子中心很愛給嬰兒扮裝，前一陣子戴聖誕老人帽子，這回又穿上兔子裝，那阿伯就用這張小鮮肉照片祝福大家：新年快樂！

二〇一六，我們來了。

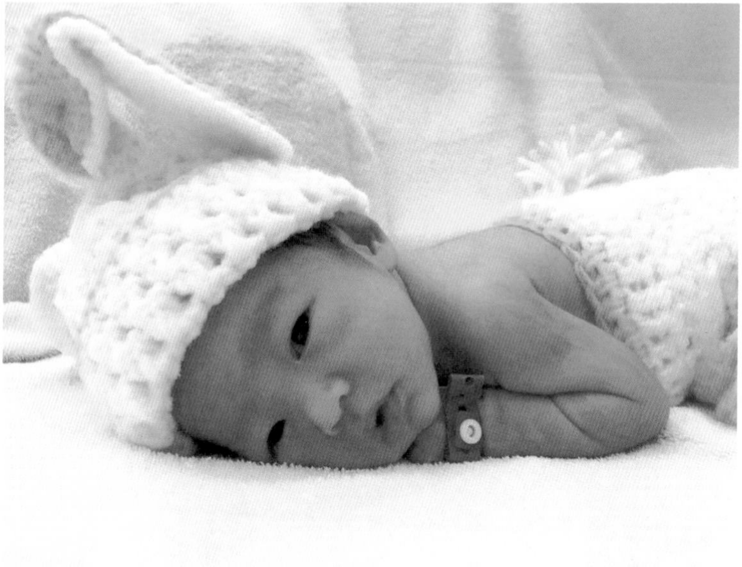

二〇一六——

做眞實的人，過眞實的日子

一月二日

一起過年的幾個家庭陸續離開了，留下的大人們拿起剛剛孩子用的毛筆，寫起春聯來。寫個「春」，春光乍現。寫個「豐」，期許豐收。寫個「椿莊」，木春艸壯。

只有我默默坐在一旁。從小學開始學寫毛筆，至今依然視為畏途，或許再老一點吧，再老一點就能懂得所有形而下，都在練習形而上。

一月九日

這三個星期，我的身體深為疹子所苦。

入冬之後，第一波「紫爆」PM二點五侵襲的那天起，每天傍晚，我身上會凸起一顆顆小疹子，再來疹子會漸次擴大變成一大片，彷彿身上開滿了玫瑰花。可玫瑰帶刺，癢起來甚至讓我夜裡難入眠，影響情緒。

「怎麼不去看醫生？」知道的朋友關心地問。

「我不想吃西藥，而且覺得這些疹子應該要發出來比較好，而不是被壓抑下去。」我說。

這確實是一種過敏，過敏原可能是物質世界裡的存在，當然也可能是非物質世界中的存有，我希望自己去接受，而不是去抗拒。

恰好這段時間裡，大廚好友在做一個實驗：在耕種曆法上的不同日子，喝同樣的紅白酒。結果十分令人詫異，同一款的紅白酒，不同日子喝起來竟然大相逕庭——那瓶你昨天嫌淡薄的白酒，今日風情萬種；你昨天覺得甜美如斯的紅酒，今日徐娘半老。

「以後再也不敢單論一支酒了。」我跟大廚好友這樣說。

一支酒的好壞，不是此時的我們可以評價的；一朵花的美醜，也不是當下的我們可以議論的。

那麼，我憑什麼為疹子貼上標籤，說這是困頓與疾厄呢？

因為這場疹子，我反而收穫多多——家人給我大量益生菌，健壯腸胃；美女畫家及貓臉少女為我按摩，好睡好起；農夫提供每週末腳底按摩，增強免疫力；大廚好友為我用自發功按摩及花精抓周，緩解症狀；光課老師為我連結病源，追尋答案。

三個星期過去了，疹子慢慢離開了我，留下的反而是珍貴的一課。

一月二十三日

清晨起來，開始感受到這波寒流的威力。家中牲口眾多，我們也趕忙替孩子們保暖。

農夫把鸚鵡們移進屋裡來，寫字的此時，奶雞與我隔著客廳相望；我則拿了一床厚被子、一件舊羽絨衣，給三個小狗防寒。

兩個小狗看到新被子，開心地鑽進去蹭來蹭去，Banana 甚至咬了球、做了窩，準備入睡。弟弟的狗瑪奇朵喜歡角落，窩著就不想動了。Brownie 依然有大狗風範，等我拍完棉被與小狗的定裝照後，才趴了下來，占據半張被子舒服地伸展身體。

因為寒冬，我們更懂得陪伴的溫暖；在地球爆炸之前，就讓我們緊緊相依吧。
記得保暖，一二三自由日快樂。

一月二十四日

早上起來，出門拿木柴準備升火時，鄰居興奮地跟我說：「隔壁村落下雪了！」
是啊，台灣好多地方都下雪了，這是以前從來沒有想到的事，而今真的發生了。
一邊烤火、一邊吃午餐的這個時候，院子裡竟然飄起雪花來了。雪花小小的，三個小狗雖然沒看過雪，也不覺得怪奇，踩著院子裡的雪花，繼續嬉戲；長毛的 Brownie 特別開心，這樣的雪花，應該喚起一些他基因裡的鄉愁吧?!

二月八日

正月初一，第一則喜訊，我們家小藍、小紅生了第一顆蛋！
清晨乾冷得一如高緯度國家，陽光也亮花花的，農夫和我一個照顧鸚鵡、一個照顧小狗，被毛孩子們圍繞。
不一會兒，農夫大叫：「生蛋了！」

我愣了愣，那對自來鳥竟然生下第一顆蛋了。

偷偷打開巢箱，小倆口窩在一起孵蛋，見有外敵侵入，鳥媽媽小紅還會用嘴喙護住那顆蛋。我們趕緊拍了照片，就留他們一家團圓。

「他們一次只生一顆蛋嗎？」我問。

「應該隔兩天會再生，大概生三、四顆蛋吧。」然後農夫走去粉粉灰灰的籠子，慈祥地跟他們說：「你們要加油了！」

他身上有了一輪驕傲的光圈，畢竟，他夢想中的鸚鵡家族又更圓滿了。

或許吃了味，Banana 跑來討抱抱，我安慰她說：「別擔心，妳不用生蛋，我也一樣愛妳。」

二月十日

農夫的爸媽相守五十年，今天是金婚大典，全家族相聚集集小鎮，一起烤肉、唱歌、打麻將。

早在一個月前，大家就進棚拍照，女孩們穿上婚紗和小禮服，男孩們穿上西裝和燕尾服，隆重極了。五十年前，年輕爸爸和媽媽沒有拍婚紗照；五十年後，滿堂子孫圓滿了這個夢。

看著照片裡全白燕尾服的自己，和上了妝的農夫，其實挺陌生的；可那笑容真實極了，因為添了歲月柔焦，留下的，全是美好。

時間是一切的答案。

二月十四日

初五晚上，觀音長輩一家和高雄學姊到家裡來團圓。酒足飯飽之後，兩個女婿用烏克麗麗為岳父母伴奏，在我們家開了一場兩小時的演唱會，從〈王昭君〉唱到〈戲鳳〉，再從〈綠島小夜曲〉唱到〈風飛沙〉。

我十六歲就認識這對長輩了，他們看著我長大，我看著他們買地過退休生活；等我們終於有能力買了地，第一件事就是打開地圖看怎麼從這裡去到他們家。

這個晚上，我看到長輩另外一面，他們卸下生活擔子，唱起年輕時的歌，那面容也回返青春，去抵生命裡最豐盛美好的歲月。

這一幕好美，美到已經銘刻在心裡。

因為這一幕，這一年已然豐收。

二月二十七日

把雜物都搬回鄉下的家，我的長假就這樣揭開序幕了。

替小狗洗了澡、換上新衣裳，他們開心地在山裡跑跳。

從今天起，要活得像個狗，吃飯時吃飯，睡覺時睡覺；生活不一定要努力，生命不一定要勇敢，順隨流走，看會去到怎樣的地方。

是的，我（又）辭職了。

二月二十八日

院子裡有棵家族樹，恰好替我們阻擋東北季風；只是玉蘭花樹生長得快，每年都得矮化。去年我們全家去了日本，農夫隻身在家，人手不足，大樹躲過了砍伐。今天趁著農夫全家都在，大家一起雕塑家族樹。

農夫上了樹，鋸掉樹幹；我們在樹下等，再把樹幹鋸成一段一段。姊夫順便教兒子如何使用柴刀，他說：「你阿公是這樣說的……」刀法就這樣傳承下來了。

農夫很講究樹的姿態，看來看去，決定要把一根徒長的巨大樹幹砍去；只是那樹幹位置長得不好，不小心會壓到旁邊小豬舍的屋頂。於是，農夫替樹幹綁上了繩，再用電鋸切出缺口，我們一行人拉著繩子往旁邊使力，希望大樹幹可以安全降落。樹幹吱吱作響了，農夫閃躲一旁，大家喊：「一、二、三！」

樹幹倒了！

雖然不往我們期待的方向，也還算安全達成任務。

家裡有棵大樹，是椿挺不錯的事。

三月四日

小藍小紅初一下了第一顆蛋，之後每兩天一顆蛋，一共下了五顆。

農夫查了資料，說小鳥大約二十到二十四天會孵出來，我們等到第二十六天，還是音訊全無。

農夫有些心急了，清晨起床就開始上網請教鳥達人，擔心小鳥力氣小、破不了蛋殼，也擔心小紅媽媽一直在巢裡孵蛋、不吃不喝耗盡體力。

我們中午吃過飯，農夫拿些水果豆漿去餵小狗，竟然看到小藍爸爸叼了蛋殼出了巢箱。聽見農夫的大喊，我就知道有好消息了，趕緊拿了手機出去。

農夫輕輕打開巢箱的門，我快速拍了幾張照片，小紅媽媽驚慌極了，用嘴一直把小寶寶藏進自己嘴喙下，小藍爸爸也在一旁警戒。

嗨，小寶寶，幸會了，你好可愛；你出生的這個人家還不壞，請健健康康長大喔，你被許給了高雄吳家，以後要去南台灣曬太陽！

三月九日

星期一清晨，在一個上班夢境裡醒來，牽了牽身邊人的手，然後想到：其實不用再進辦公室了。不塞車的時候載了滿車青菜北上，送往朋友餐廳，接著去開了機票，再到另一個朋友的髮型沙龍接受一次美好款待，然後開啟一個新合作案，才和瑜伽老師散步跟好友火鍋晚餐。

第二天早上，幫忙寫一些文案，然後坐大廚摩托車去新店朋友新家；房子好雅緻，藍帶學校學成歸國的朋友煮了午餐、開了氣泡酒，還做了三款甜點，每一款都內外兼美。

陽光沒了之後，又一起騎摩托車去逛紅酒專賣店，老闆娘沒來由開了一瓶勃根地的 Pinot Noir，三個人對飲起來。

酒喝完了，一個人找了地方看書，好久沒有這樣花上一天一夜看小說了。時間近了，去赴姊姊妹妹的小酒館聚會，三個人又吃到酒足飯飽、聊到天荒地老。

睡覺之前，想到大廚在摩托車上說的那句話：「人不需要上班，上班餵養的是資本主義。」滿足地把眼睛閉上了。

我把這記錄下來，是希望你知道，將來的某一天，當你對自己的選擇猶疑或困惑時，想想這兩天的際遇，宇宙對你的慷慨與仁慈。

「人不需要上班。」記得在嘴角別上一枝春花。

三月十二日

父親是個有用的角色嗎？

我向來尊女卑男，也覺得獨身女子可以照顧好孩子，倒是鸚鵡小藍讓我看見美好的父親形象。

小紅下蛋之後，就足不出戶，一切補給都是小藍吃了之後再吐料給妻子；連妻子的糞便也是小藍銜出巢箱，保持整潔。

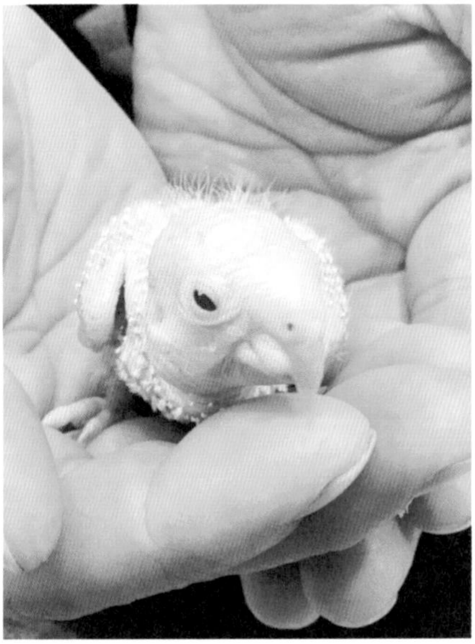

小小鳥孵出之後，小藍更忙了，天亮的時候他都在焦慮地吃食，然後一遍又一遍回到巢箱撫育妻子和孩子，也把孩子的蛋殼、糞便一次又一次銜出來。

就這樣，小藍跟小紅的孩子都飽食終日，全靠父親辛勤的餵食與母親羽翼的溫暖。這對夫妻真是分工良好啊。

小藍跟小紅目前孵出三個孩子，第二個孩子許給了農夫花友，第三個孩子許給了伸港曾家，其他兩顆蛋毫無動靜，農夫研判，孵出機率不大。

倒是粉粉灰灰發生悲劇了。他們今天清晨產下了第一顆蛋，卻不知道被誰粗心踩破了……

我向來尊女卑男，我想，一定是灰灰幹的。

三月十三日

連續兩天重勞力工作，即使下雨也不能推延進度，因為我們的院子即將翻修。

「你的佛像去放好，」農夫說：「不然重機具一進來，很容易碎掉。」

於是，峇里島回來之後就一直安坐馬槽上的兩尊佛，得挪移位置了。

悉達多，我該將你移去哪裡呢？你在樹下悟道，我移你到老黑松下方吧；老黑松後方，就是我們的家。

你說一切皆空，請容許我在空性之前，盡情建設與享樂；也祈願這場世間舞蹈沒有執著，只是了卻因果，從此不相欠。

三月十九日

這是個濕度百分百的不尋常三月天，雷陣陣，雨綿綿，家有怕雷的小狗和小鳥，讓我們裡裡外外疲於奔命。不過，家中有個角落倒是乾燥而溫暖，我們用兩百瓦特的燈持續照著小藍、小紅的家，讓他們和孩子可以保暖。

昨天夜裡，第一個出生的小寶寶張開了眼睛。三月四日出生的他，第十四天開眼看世界，身上也長出細小的羽管；被農夫厚厚的手掌捧著，這孩子也不驚慌，只是一副隨時都想把眼睛閉上睡著的萌樣。

小寶寶，你看得見我們嗎？我們是你暫時的主人，給予你爸媽食物與飲水，讓他們可以撫育你。將來，你會離開巢、離開你爸媽、離開這個家，展開自己的鳥生。我們能做的，是讓你的童年高枕無憂，也讓你對這個世界懷抱信心。

三月二十日

農夫今年種菜吃了敗仗，雨水多、日照少，加上罕見的極端氣候，番茄荒了、荷蘭豆毀了、草莓爛了……種了三個月的白蘿蔔也長不大，再不採收心都空了。

昨天趁著雲雨歇息，我們把所有白蘿蔔都採收了。這兩大車白蘿蔔原本要做蘿蔔乾，但氣象預報說雨還要下一個星期，怎麼曬啊？

今天清早起來，我們一邊切蘿蔔、醃蘿蔔，一邊為蘿蔔想出路。

「做韓式泡菜吧。」我出了主意。

上網查了食譜，再加上自己創意，晚上餐桌就多了這道菜：白蘿蔔先切塊浸鹽水，洗去鹽水之後，加入蒜泥、洋蔥泥、蘋果泥、薑泥、韓式辣椒粉、魚露、糖、韭菜末、蔥段，拌好等待發酵。

今晚又起風了，頗像在荒年裡做醃菜。只是每每想起靠田吃飯的農人，就替他們捏把冷汗；然後想起城市裡那些依然健壯如牛的菜，不禁想問：它們打哪兒來？浸泡過什麼樣的巫婆湯啊？

三月二十六日

對我來說，這一幕一如〈創世紀〉裡上帝的手指即將觸摸到亞當，這世界便有了存在的理由。

昨天晚上八點半，農夫要餵奶雞，竟不小心讓他逃逸了，只見他翻過了圍牆，飛進夜色裡。

我在屋裡聽見農夫聲音丕變，一衝出去，早已不見奶雞身影。我們倆分頭尋找，但農夫要值班，只能黯然回辦公室，剩下我繼續在淒風苦雨的夜裡，尋找鸚鵡的蹤跡。天寬地闊，要找到一個有翅膀的紅色身影還真不容易，加上夜愈來愈深，我只好放棄回家，癡癡望著空空的鳥籠，期待他會自己飛回來。

清晨天剛亮，我夢見奶雞自己飛回家來，站在圍牆上，趕緊起床繼續搜尋；把昨天走過的路再走一遍，看過了日出，還開車繞大圈尋找，依然如同大海撈針，什麼也找不到。

「你要有心理準備，他可能不會回來了。」我在電話裡跟農夫說。

農夫早上一下班衝回來，進門就跟我說，他聽見奶雞的叫聲，然後拿了哨子衝出門。我想起自己抽的牌卡，說奶雞在水邊，於是沿著灌溉溝渠找。

「奶雞。」我呼喚著，竟然聽見，他的回應。

走上前去，一位陌生鄰居守在樹下，抬頭一望，奶雞正站在樹梢啊。我把農夫找來，也回家拿了奶雞的奶嘴，兩著人站在樹下呼喚他，等他飛下來。

陌生鄰居說，昨天晚上奶雞跑進他家雞舍，乖乖地被捉起來關進籠子裡，但早上自己打開籠子飛走了；農夫研判，奶雞聽見他車子引擎聲會大叫，應該是這樣才讓我們聽見方位。

只是，奶雞停在搖晃的樹梢，自己也不知道怎麼下來，跟我們來來回回說了很多話，大概是說：「我也很害怕，這是要怎麼下去啊？」

等了二、三十分鐘，農夫決定要爬樹救鳥，他往上爬了五、六公尺，然後一聲聲喚著奶雞，奶雞才慢慢從樹梢倒掛金鉤靠近農夫。

在下面的我，記錄下這難忘的一刻。

下一秒，奶雞走到農夫手上，再站穩農夫肩膀，這一人一鳥才慢慢爬下了樹。

奶雞在外面流浪十三小時，終於回到家了，像沒事人一樣站在站台上吃飯、喝水、洗澡。但農夫跟我擔心他的安危，整夜沒怎麼睡，到土地公廟拜了拜，就累到癱在椅子上了。

「以後別再養鳥了，」我跟農夫說：「拜託拜託。」

「但奶雞還是要有老婆啊！」他答。

上帝的手指碰到亞當，接下來確實會有個夏娃出現啊……

我只能跟自己的心臟喊話：「請堅強！」

四月三日

小藍小紅的三個孩子，開始各奔東西了。

農夫花友約好時間，過來接一個孩子走；農夫也將其他兩個捉出巢箱，開始手養。還沒滿月的孩子開始長出羽毛，毛茸茸的身子和禿禿的頭，已經會怕人了。農夫用幼鳥奶粉為基底，加上芝麻、脫殼小米、維他命，拗彎了湯匙，每天四次餵食，順便跟他們說說話；據說，這樣可以讓小鳥親人，以後就可以停泊在將來主人的手掌心。

看著鳥孩子吃起奶來瞇著眼睛的模樣，真的會讓人相信那是至高美味啊。

不過，走過小藍小紅的籠子總讓我頭低低、不敢直視，畢竟，一家就這樣從此骨肉離散了……

四月四日

整修院子，意味著有些美好就此留不住。

這道牆是前屋主爸爸自己砌的。沿著自己的王國邊緣，一塊磚一塊磚疊好、抹上水泥，然後再下一個工序；牆砌好了，風擋住了，男人在這裡娶了女人，認養了孩子，後來也把這塊地留給了那孩子。

端景的石盆則是農夫砌的。我們去溪邊撿了好多好多石頭，想在老牆尾端做為呼應，種下陪伴我們十幾年、從台北移植下來的雞蛋花。只是，石盆所在太陰涼，這幾年雞蛋花都不開。

為了有個健壯的院子，這回得將斑剝老牆拆掉、手作石盆毀棄。談不上捨得或捨不得，這世界就一直變動，每回轉世變身，都為了更豐美的體驗。

謝謝老屋主，謝謝老牆，謝謝六年前撿石頭、砌石盆的我們。

四月十七日

有幾位朋友帶過狗來我們家玩，但帶烏龜？這還是頭一回！

我們家的咖啡豆，都是弟弟好友自己烘的，這回斷貨一段時間，加上弟弟出差，有種望穿秋水、遙遙無期的鵠候。

農夫跟我正要去茶花園工作，聽見一台重型機車駛近，一看，竟然是弟弟好友全副武裝到來。

「你怎麼來了？」我問。

「送咖啡豆啊！」他答。

剛剛烘好了豆子，算了算弟弟出差回來還有段時間，他決定自己跑一趟；而機車前面的小盒子裡，載著這隻小陸龜四處兜風。小龜叫「Yama」，主人希望他像山一樣頂天立地、地久天長。

跟 Yama 道別之後，趕緊進門沖一杯他剛烘好的「巴西黃坡旁」，細緻的清香和濃濃的情意啊！

就是有那麼多親朋好友無微不至的照顧，才讓我們能在這裡頂天立地；至於「地久天長」嘛，還是留給 Yama 就好。

四月二十四日

那天我正在教瑜伽，上課地方沒有時鐘，我將手機調成靜音充當。正當整個教室沉浸在雙人瑜伽的熱鬧與快樂時，手機亮了起來。

「奶雞腿斷了，我送去醫院中。」農夫這樣寫著。

我嚇傻了。但課堂仍在進行，得將情緒收藏好，上課為重。

好不容易下課了，趕緊跟農夫通電話，才知道奶雞自己在籠子裡把腿扭斷了……

聽起來不可思議，但就是發生了。

奶雞動了全身麻醉手術，打了醫療級鋼釘，住院一晚才回到家。

回家之後，原本就很撒嬌的他更膩著人了；我這才發現，鳥也有表情，奶雞被呼呼的時候好放鬆啊。

生活裡總會發生許多意想不到的事，只能深呼吸，張開雙臂，擁抱一切，繼續前行。

四月二十五日

早上跟院子承包商溝通好之後，往園子去拔草，遇見鄰居媽媽帶著一位年齡相仿的婆婆，來參觀我們家院子工地。

才初見面，婆婆就劈頭說了一串客家話。

「不好意思，我聽不懂。」我笑著對她說。
「我說，我以為你是女生。」婆婆也笑了，上下打量著我。
鄰居媽媽表情很尷尬，補充說：「她說你穿得很漂亮，以為是個女生。」
我低頭看自己——頭戴斗笠、身穿紅T恤加袖套、下半身穿綠色運動褲加迷彩雨鞋，抓到衣服就穿，邋遢到不能見客啊。
「紅配綠，很醜啦。」我說：「我是男生。」
然後，敦親睦鄰地聊了兩句，就往田裡去。一邊走一邊想，很多年沒有被誤認為是女生了，以前確實有段雌雄莫辨的歲月啊，如今中年，離「窈窕」愈來愈遙遠了。
拔草的時候，忽然想起鄰居媽媽的尷尬表情，這才意識到，哎呀呀，原來我被揶揄了……
我一個人在田裡笑出聲來。「像女生」對我來說，是稱讚而不是汙辱，那代表著「細膩」、「溫柔」、「包容」、「美麗」啊。
婆婆，不好意思，我沒有接到妳發出來的直球，因為我一點都不覺得「像女生」有什麼不好。而且，妳是女性，拿自己的性別當成汙辱，不也代表妳歧視自己？
婆婆，提醒一下，下次我知道怎麼接妳的球了，請當心，我很會殺球喔！啾咪！

四月二十九日

她名叫「旺來（鳳梨）」，是奶雞的童養媳，今天恰好滿月，昨天剛來到我們家。

農夫說，鸚鵡得從小青梅竹馬，長大才能朝朝暮暮。他知道我比較喜歡琉璃金剛（黃身、綠頭、藍翅），便說服我趁早替奶雞討老婆。

第一次他帶我去看一隻雛鳥，村姑一般的粗勇體魄，他說這就是旺來。

「我怎麼看都不覺得是我們家的鳥耶。」我說。

農夫和我喜好迥異，也往往能各得其所。他喜歡粗壯的體格，所以 Brownie 大手大腳；我喜歡輕巧的身形，所以 Banana 小手小腳。這一回挑我喜歡的琉璃金剛，不是應該依我喜好嗎？

「要大隻的母鳥才不會被奶雞欺負。」他說，而我買單了。

沒想到，要下訂那天，那隻雛鳥腿斷了……這樁買賣只好作罷。農夫也因此知道鸚鵡腿斷了該怎麼辦，後來才能處理奶雞的意外。所以，我心底還是很感謝奶雞那個沒過門的妻子。

再隔一週，這個小女生出現了，第一眼看到，我就知道她是旺來了——身形高䠷、五官精緻，夠「恰」而不「浩呆」。

至於她的名字啊，一來跟奶雞（荔枝）一樣水果系，而且是農夫家鄉特產；二來跟她羽翅顏色相當；三來知道她會帶來福氣，我們家六畜興旺。

五月一日

打開家門，遇見一片海洋，捲起千堆雪。

院子整修工程終於到了要鋪水泥的時候，一管又一管水泥打上來敷平，壓上花之前，師傅們站

在玉蘭花小島上，潑撒一杓杓脫模粉，挺夢幻的景象。
只是，雨就開始下了，連夜地下，看來水泥地會印上痲子臉了，怎麼辦啊？
反正我自己臉上也花，那就接受吧！

五月二日

我們把小小鳥捉離開小藍小紅身邊後的某一天，小紅咬開了飼料盒小門，讓小藍可以飛出去。
「快，去把我們的孩子找回來。」小紅應該這樣交代。
只是，小藍離開後，就再也沒有回來了，小紅望穿秋水，愈來愈焦躁，我們一靠近就會惹怒她。
這天傍晚，工人大喊農夫，說小紅自己飛出籠子了，我想她終於找到一個讓自己也鑽出小門的方式，想遠走高飛。
幸好，她還沒飛遠，加上我們家的鳥都懂得跟農夫對話，農夫一吹口哨，小紅就啾啾叫，透露了自己的方位。於是，農夫拿著小枝條、我拿著籠子，花了一小時引誘小紅回到籠子裡；這孩子也可愛，即使來回幾次不想進籠子，她也沒飛遠，一直在我們身邊。
「小紅，快回來，我們幫妳再找一個老公！」我呼喚著她。
終於，我們誘拐她進到籠子裡了！提籠子回家的時候，工人們還響起了一陣歡呼。
我們決定讓小紅跟兩個孩子見面，畢竟高雄吳家就等在旁邊，要來迎娶小紅孩子了。兩個孩子似乎沒認出媽媽來，可小紅還認得孩子，一直要餵他們吃飼料。

「原來你們在這裡，媽找你們找得好辛苦啊！」小紅應該會這樣說：「你爸那死鬼，也不知道找你們找到哪裡去了，根本就不想回家了！」

我們開始為小紅找新老公了，畢竟答應過她，回來就會有新戀情，她應該也期盼第二春吧……

五月九日

打開冰箱，發現一盒今天到期的板豆腐。

燒一鍋水，放一段昆布，簡單做了一個湯豆腐；熱一碗飯，挾了自家醃蘿蔔，就在院子工程仍然繼續的嘈雜聲中，吃著午餐。

當初是想陪媽媽過母親節再出發前往朝聖之路，訂機票時便選了這一天。直到今天才發現，去年的今天，神仙姊姊送了我一串手珠；六年前的今天，我從瑜伽師資班中結訓了。

然後，昨天夜裡，朋友恰好翻到一張我帶領瑜伽課時發的梵唱講義，我們都想到了去當天使的朋友，而我正要飛往他的永恆之城。

冥冥之中，命運之手都安排好了。

六月十三日

我想我這一生都會想念朝聖之路的森林。
清晨即起，樹林間還留著天使飛過的痕跡，潮潮的，像一場歡宴。
我一個人走過，笑開了。

六月十七日

我們的大寶寶 Brownie 去當天使了，二〇〇四年十二月二十三日—二〇一六年六月十七日。
他是一個見過了都稱讚的好孩子、好靈魂，我們深深感謝他的陪伴。
親愛的 Brownie，很抱歉沒能在你身邊，你要乖乖跟著那光中接引你的走，我知道，你會去抵天堂的。
請你把此生一切放下，我們後會有期了。
你是我們永遠的家人。

六月十八日

Brownie 是我們的第一個大狗，很大很大的邊界牧羊犬，最重的時候將近三十公斤。

當時我在陪曼娟老師做廣播節目，企製清盛和控音長毛正要開始養狗，我們常在控音室裡聊起狗經，一發不可收拾。

「你這麼喜歡狗，以後皮皮生了送你一隻。」長毛慷慨地說。

農夫知道了，開心得不得了，他愛大狗，更愛《金氏世界紀錄》中最聰明的這種狗。

那天農夫開車，我們去長毛家載四十天大的幼犬，所有的小狗都在睡，只有胖嘟嘟的他醒著，樣子好浩呆。就這樣，他第一次坐上車，暈到吐了，卻從此愛上坐車。

因為他臉上的黑白毛是歪的，長毛喚他乳名「歪歪」。Brownie 是我取的，我沒有養過大狗，期望這孩子甜蜜入心。而他的一生，真的做到了。

Brownie 一到家，三個月大兩公斤的 Banana 看到五公斤的他，整個嚇壞了，第一次大聲吠叫。Brownie 忒乖巧，鑽進小圓椅裡想念媽媽和兄弟姊妹。而這也成了兩個狗的銘印，Brownie 總聽從 Banana 的，她一叫，他就衝過去。他們是公主和騎士。

Brownie 愈長愈大，活動量也需要更多，因為天性會追趕跑動的，所以農夫訓練他看到車要趴下。這對於愛車的小男孩來說，好辛苦的——眼看心愛的車車奔馳而過，卻得默默目送它走……這也成了他個性中穩重的部分，總是有為有守。教過他的，他一生記得；到晚年都是吃過飯、上過廁所才休息，這是他四十天大時學的。

我們最早帶小狗去微風廣場停車場跑步，後來去小巨蛋。Brownie 跑起來一身毛色閃著金光。

那是因為他從小喝羊奶，喝到成為邊界巨犬，又懂得把聰明化成智慧，視人目色。他不太兇人和狗，但只要對他不好的，他沒在客氣的，一嘴一定咬中要害。Banana 發情時，他就咬過瑪奇朵。

隨著 Brownie 長大，我們也開始討論買地的事，一方面是我們的夢想，一方面想給大狗更好的環境。只是，全家最戀舊的就是 Brownie，穿過的衣服、睡過的箱子，他都好心愛；出個門、搬個家，他都用眼神說：這不是我們家，走，我們回家吧。

有回上陽明山找紅五妹妹，一起爬了山、累得不得了，Brownie 頭朝農夫袋子睡，他知道，農夫一拿袋子就是要回家了。

農夫和 Brownie 有著我無法介入的情誼，他們是嚴父和孝子，說一不二；我是 Brownie 最好的朋友，他會用手要我摸，會把前半身倚在我腿上，像 Banana 一樣撒嬌。他八歲大之後，才讓我摸肚子，那是一個大狗全然的信任。

我們有了鄉下的家，浴室和狗屋的大小都是為 Brownie 量身訂做的；還有四十公分的欄柵，對 Brownie 來說，一跳就出去了，但他一次都沒有。反而另兩個小狗還偶爾偷溜。

我們家常常高朋滿座，每個人都好愛 Brownie，還有客人為了他，整天都在院子待著。只要見過一次的，Brownie 都會記得，下次來會用聲音催促著：快來摸摸我。

十歲以後，Brownie 體力漸弱，尾巴和臀部有了小腫瘤。我們選擇了沐樂醫院，他們是好友家人，對待 Brownie 一如自己的狗。手術之後，Brownie 就沒有尾巴和蛋蛋了。

那次，農夫和我就討論好，一切以讓 Brownie 舒適為最高指導原則，不要積極治療、不要太多疼痛，我們的狗要比人還有尊嚴地活著，及死去。

老天爺慈悲，術後的化驗是良性的，Brownie 可以多陪伴我們一年半。只是他後來總吃不飽，開始吃土、石頭和水泥。

這個星期他吃不下飯、軟腳，沐樂檢查沒有大礙。農夫接回家後，Brownie 還是很虛弱。

「我想他知道自己要離開了，那天他就在院子裡一直走一直走，然後，躺在玉蘭花樹下，應該想在那裡走……」農夫說。飛車奔去沐樂，住院一晚，Brownie 就走了。前一小時還起身活動，所以沒有太多苦痛，享年十一歲近六個月。

關於大狗 Brownie 的一生，我還有好多話想說，而此刻無能為力了。我請求並且相信，所有天使、上師、指導靈善待這個純潔無瑕的靈魂，他此生帶來的歡樂、信靠、陪伴和溫暖，不僅足夠我一生想念，還讓我願意期盼世上所有的相遇。

當我要離開的那一天，親愛的 Brownie，請你答應我，一定要來給我抱抱和摸摸。

我愛你，永遠的。

七月十八日

我的瑜伽老師說，腳踏青草地是調時差最好的方式。農夫藥下得更猛，要我直接下田去。白居易南瓜大出了，農夫等我回來一同收成；他在前面採收，我在後面運送，不一會兒，就收穫五十九顆。

氣喘吁吁地把南瓜扛回家，恰好趕上幫爐上燉南瓜調味，我的生活，就這樣無縫接軌地從歐洲回到鄉下的家。

什麼朝聖？嘿嘿，此刻最要緊的，就是好好品嘗自家南瓜。

真好，跟去年味道一模模一樣樣呀。

七月二十三日

我要到義大利山上僻靜前一小時，農夫幫 Banana 洗澡，發現她乳房有硬塊，他很體貼地先不告訴我，單獨和沐樂動物醫院的師醫生、徐醫生討論。

等我從山上抵達羅馬，他才讓我知道，並且商量好我一回來，就送 nana 動手術。

週三一早我們送小狗北上檢查，觸診時發現，乳腺還有其他腫瘤，決定下午進手術房切除。我看過 Brownie 動完手術後痛到無法忍受的模樣，也擔心敏感的 nana 會難以適應……沒想到，護士抱她出來，她如如不動，甚至看也不看我，緩緩閉上雙眼，安靜得不起一點漣漪，專注面對痛楚。我反而被嚇壞了，這孩子平常大驚小怪，怎麼臨大事卻堅毅果敢？

狗狗又給我上了一課。

這幾天，我的生活以沐樂動物醫院為中心，希望能多陪陪 nana；她在醫生、護士照顧下，復原情況也很良好，愈來愈恢復常態，喜歡膩在我腿上，用撒嬌的喉音和我碎嘴說：「快帶我回家。」

今天早上檢查過後，醫生批准出院，我開車載她回到我們的家，這個沒安全感的小傢伙此刻就在我腿上睡覺。對，媽媽給了她一席床單她不要，只要和我在一起。

親愛的 nana，辛苦了，下週還要回診看化驗報告，無論答案是什麼，我都會一直一直和妳在一起的！

七月二十五日

「Brownie 葬在哪裡？我們想去看看他。」好友這樣問。

關於家中小狗後事，農夫和我很早就討論好了。我們讓大狗和其他毛孩子一起火化，那是皮囊，應該眾生平等。

而農夫剪下了三撮毛髮，兩包繼續陪伴在我們倆身邊，另外這一撮，農夫等我歐遊回來，一起葬在院子裡玉蘭花樹下。

今天夕陽無限好，農夫在樹下鋤了洞，我點了幾炷清香，抱著 nana，我們仨坐在地上，和大寶寶說說話。

親愛的 Brownie，我在歐洲就夢到你了，你開心快樂在草地上奔馳，還給我一張大笑的臉；夢裡面，你也和外婆相遇了。所以，現在想起你，少了淚水、多了安慰，我只盼望你沒有罣礙，四方嬉遊。關於此生我們為你做的所有決定，也希望你都還算滿意。

我們一把土一把土捏散，撒在那撮黑白毛上，再覆上石子。大寶寶，若你是人子，成長到十二歲，我也該放手讓你去闖蕩了；從今爾後你是自己的主人，換我抬頭仰望你。

好友們，下回到家裡，Brownie 就在家族樹下了。

七月三十日

Banana檢驗報告出來了，腫瘤是良性的，只要把傷口照顧好，這次治療就告一段落了。雖然大小姐可以三天不吃不喝，雖然她膀胱有半公分結石，雖然我皮膚和鼻子也仍在過敏中，還是開了瓶白酒，和農夫舉杯開心慶祝。

沒想到，在歐洲每天至少喝一整瓶葡萄酒的我，竟然一杯白酒就醺了，爬上床一睡不醒，nana晚上的藥都忘了給……

這一次，心也回到家，安安穩穩了。

七月三十一日

院子改造之後，多了一方水塘，成了農夫和我的新嗜好——看金魚搖著小屁股悠游。

特別是炎夏，院子裡傳來汪汪水聲，感覺清涼不少。

早上工作結束，我喚人不到，走出門，就看到農夫坐在池邊看魚；仔細看，草帽上還沾有兩撮鸚鵡羽毛。只是，我旅行前明明和他一起買了二十來隻金魚，怎麼回來後池子裡有上百隻？

可以想見，我的新嗜好只是看魚，他的新嗜好不只是看自家池子裡的魚……

八月七日

因為旅行，錯過了一些什麼，所以今年沒有荔枝，也沒有端午節。

幸運的是，好友為我冷凍他母親親手包的南部粽，而祈臻小朋友則送給我一個香包。

「這是布布，我用衛生紙做的，」她說：「紅色是披風，這樣他就可以飛，而且下雨的時候不會淋到雨。」她還告訴她媽媽，叫阿伯再養兩個狗吧，這樣布布就會回來了……

阿伯會好好珍藏這個笑臉香包，讓飛翔的布布不會淋雨；但阿伯暫時還沒辦法再養兩個狗，心頭依然滿滿的，容不下別的狗。

八月十日

練習用IG，第一張照片，當然要放心愛的Banana。看她睡覺看了十二年，還是常常看到入迷。

八月十三日

院子改建，從前的紅磚牆該怎麼重新打造？

「要不要試試空心磚？」我跟幫忙設計的建築師朋友說。

空心磚是我喜歡的建材，結構性強、價格實惠，加上歲月和水痕後更是表情十足，而且樸實況味和鄉下的家很合拍。

建築師朋友更發揮了長才，大玩翻轉和堆疊，長成了我們院子裡最深邃而綿長的一張臉。大雨之後，搭上竹林和遠山，農夫的空氣鳳梨也綻著笑靨。

八月二十一日

弟弟好友帶了空拍機來首飛，我拜託他幫忙拍攝鄉下的家全景。

我們家有一灣灌溉溝渠環繞前側，還有一座原始森林環繞後側，成為一個完滿的圓。兩重斜屋頂的是我們家，即將完成的院子裡，有魚池和紅磚台，看起來挺寬闊的。換個角度，更可以看到自己的幸運，還有我們當初對土地的選擇與承諾。

九月三日

每年夏天，我們休耕，一來農夫怕熱，二來讓田地休養生息。

等到太陽仁慈一些，我們才開始準備耕地，此時田裡往往草高齊肩，割人的、給刺的什麼都有，是辛苦活。農夫決定，今年要找大型翻土機來幫忙。這幾分田地我們借來以後，只運用了表層，大型機具可以翻深一點，活化土地。

今天翻土機來了，簡簡單單駛過兩回，兩塊田地鬆軟如雲朵，睡起來應該挺舒服的。

可以種菜了嗎？還早呢。農夫說，要等雜草發酵、草籽發芽、表土曝曬之後，才再用自家小翻土機做畦播種。

只有這一刻，我們倆可以輕鬆坐看別人替我們耕地，然後給出幾張小朋友……

十月十四日

從濕答答的城市離開，下了大雨滂沱的高速公路，轉進小縱谷，竟然是一片朗朗晴空。

看著小狗在乾爽的院子裡散步，洗淨的衣服擺盪在陽光下，自己也慢慢卸下了淋雨的心。

澆完了茶花園和松柏園的水，品味起今天從早餐到下午茶的三人時光。不管幾歲，能這樣天南地北和朋友聊天，一起煮食，都是人生至福。

外在一切都是我們內心的投射，和別人交手之前得先和自己和解；金錢也是一種能量，在進與出之間可以創造更好的連結；我們都是好命中年人，如果能再鬆動些什麼，或許可以為下一個世代鋪展更廣闊的道途。

你那邊有雨嗎？你心淋濕了嗎？再向內探尋，總有一片乾爽的朗朗晴空。

攝影：Bruce Lu

十月十五日

親愛的 Banana，當我整理照片的時候，妳從門外喚了我幾聲，我走到院子裡抱著妳，寫下這篇文字。

親愛的掌上明珠，今天是妳十二歲生日，若妳是人，就要小學畢業了；換算成人齡，也是老奶奶了。但妳一如我們剛認識的時候一樣——一樣驕縱，一樣撒嬌，一樣理直氣壯，一樣心中有我。

親愛的 Banana，這個夏天對我們來說都不容易，妳的騎士先離席了，妳得開始學習自己生活；但妳好棒，只有偶爾落寞，大部分時候都可以自得其樂。

於是我知道，妳不再是小公主了，妳是女王，主宰妳自己和整個院子。

這樣很好，女王殿下，我願是妳的寶座，扶妳登基；我願是妳的座騎，載妳巡視；我願是妳的御廚，供妳餐食。

關於未來，我們什麼都不用說，此刻相擁，天地都明瞭。

生日快樂，我的女王，願妳日日美好。

十月十七日

「我覺得我愈來愈像家庭主婦了。」我跟農夫說。

上週一次買三盒牛筋，用鑄鐵鍋燒滾十分鐘，燜一個晚上；第二天再來一次之後，一份加番茄和番茄糊燴煮，加入毛豆和橄欖直接上桌，其他兩份凍起來。

本週拿一份退凍，加入馬鈴薯、紅蘿蔔、番茄、高麗菜，成了一大鍋滋養的羅宋湯。另外一份打算下週做成味噌煮，下酒又下飯。

農夫買了菱角說想吃，我拿出小排退凍，醃了五香粉、蒜頭、醬油、糖和紹興酒，一起放進壓力鍋燉煮。起鍋後把湯汁倒出來，加入豆皮和杏鮑菇，添些檸檬辣醬疊一些不同味覺，一次就處理好兩道菜。

上週配白酒的馬祖淡菜吃完後也不要浪費，把殼泡水洗淨後，趁著陽光大好曬一曬，就可以串成玩具給鸚鵡們消磨時光。

向來認為地表最強大的動物不是蟑螂，而是歐巴桑，終於找到了我的人生目標！

十一月五日

剛買房子的時候，很想收藏一尊水月觀音。農夫載我去鶯歌，沒有遇到有緣的。

上個月家庭聚餐，相隔六年又去了一次鶯歌，和農夫淋雨逛老街，仍然沒有拿定主意。

「你不是有一尊木雕觀音嗎？」農夫提醒。

對，家裡確實有一尊不知道怎麼來的觀音，一路伴隨超過二十年了。這週帶回鄉下的家，過了清水，在陽光下曬了曬。

做為中年人，我們往往擁有夠多了，不妨收斂欲望，轉而服務他人。

「這是中年人的寬厚。」光課同學告訴我：「可以為別人做點什麼，自己也很快樂。」

是呀，上週來的好友一家也提及「重劍無鋒」，中年以後，沒有汲營的體力，才懂得「大巧不工」。

淨瓶觀音，請上座。

十二月二十三日

小狗老了，眼珠子濁了，在我眼中卻還是萌翻了。

昨天深夜回到家，老狗睡了，我在黑夜裡輕輕撫摸她；她知道是我，低吟地撒嬌，然後跟著輕撫進入睡眠。

今天摘了草莓，送到她寶座，她還在睡著，一睜開眼就甜甜地笑了。

親愛的 Banana，今天是 Brownie 的生日，他不在了，妳可以過兩次生日，願妳的每一天，都可以甜甜地笑。

我們一起老。

十二月三十一日

二〇一六年末，隨著水星逆行，一批五專時照片重見天日。

看著當時的自己，桀驁而鋒利，挺難相處的青少年；當年的我其實很軟弱，最欠缺的人格特質：勇敢。

如今髮已斑斑，桀驁沒了，鋒利更甚，比較突顯的人格特質，只剩下勇敢。

我的二〇一六，確實勇氣破表——離開職場、走上朝聖之路、追求真心想要的生活、告別大狗。這樣的一年，值得自己給自己鼓掌。

勇敢不是上山打老虎，勇敢是臣服；勇敢不是破除千萬難，勇敢是謙卑。

陽光燦爛的二〇一六走到最後一天了，蜜蜂依然辛勤採蜜，我們依然田裡忙碌。這一天一樣如常。而二〇一七年也要很勇敢，做真實的人，過真實的日子。

二〇一七年，請多指教。

二〇一七
荒年裡的小豐收

一月二日

新年伊始，我們照例和其他六個家庭一起共度。

從曬棉被、整理房間開始，再備菜上爐火，擺好桌子、放好碗盤、排好紅酒，一個一個家庭就聚集了。酒酣耳熱，酒足飯飽，拍完團體照，就各自帶回房間。清晨起來，吃過早餐，大家成群去散步了，留我守著還沒起床的家庭，繼續煮咖啡、烤麵包。這一刻的空檔，忽然懂得了媽媽桑的心情，寧靜而美好。

付出才是真正的收穫，給予才是真正的擁有；佇立天秤兩端不是對立，是合一。

新的一年，願自己更仔細聆聽，宇宙的訊息。

一月六日

鸚鵡是很浪費的動物，他們吃剩的堅果隨著底盤清洗飄到灌溉溝渠旁，竟然長出一小片野生向日葵群，穿插幾株高粱田。我每回經過，都讚歎不已。

然後，花隨著季節萎去了，農夫把花梗摘下來曬，竟然生出千百顆種子，回敬給鸚鵡啃食。這才發現，鸚鵡其實在留後路，栽種了自己的食物。

往事與記憶也是土壤，醞釀了這個當下的我們。那些蜿蜒的、晦澀的，也都跟著筆直的、光明的一起過去了；只是啊，平行宇宙裡的自己留下了一只只錦囊當成線索，提醒著：你是自己的祖國，你不愛自己，誰會愛你？

而每個鄭重錯身的靈魂也或許都留下了錦囊，幫助彼此，繼續越嶺翻山。

一月十五日

農夫的新手機有強大的景深功能，拍人像和食物都挺好，但我拍最多的是 Banana。她去弟弟家住的時候得到一根綠色骨頭當禮物，大小剛好讓她咬在小嘴上吱吱叫；拿回來之後使用過度，綠骨漸漸不叫了。

上週弟弟來，幫她把綠骨修理好，Banana 又開始咬著到處玩耍。看著她在偌大的院子跑跳，就替她開心，一會兒追綠骨、一會兒討抱抱；當她凝神看著自己的玩具，風吹動她的耳朵，一如搖擺女神的髮梢。

可她從來都不是我的玩具，她是我在這個世界上最好的朋友之一；而我知道，我也是她在這個世界上最好的朋友，而且，沒有「之一」。

一月二十九日

春節是農夫和我的重勞動節，我們每年執行一個農忙專案，趁著長假完成。

今年又輪到了茶花園，一邊拔草施肥，一邊清運抑草蓆上的廢土，話題聊到了身心靈課程。

「你們上這些課追求進步，但情緒好像還是起伏很大。」農夫是腳踏實地的人，對於我上課抱持不鼓勵也不排斥的立場，有距離地觀察著。

「對啊，有些問題被引動了，會牽動情緒，然後才能釋放。」我回答。

「可是我覺得目前生活得很好，沒有什麼問題。」他說。

啊哈……沒有覺察到問題，不就是問題嗎？

就好像陪伴我們拔草的這隻綠色青蛙，以為自己隱身在綠葉中不會被發現，可還是被看見了；因為青蛙和我擁有不同的眼睛，不同的意願，以及不同的心。

當然，青蛙的問題青蛙解決，他活得安全而坦蕩，我也深深祝福；而最終每個人都會找到進展與療癒吧。

一月三十日

大年初三陪伴我們工作的是螳螂家族。

先是一盆盆茶花上，出現許多螳螂卵鞘，一個卵鞘會生出數百隻小螳螂，每一個都特別擺好放正；再來是一隻公螳螂，安安穩穩抓著茶花葉子，與我對看。

農夫說，因為天氣冷了，昆蟲動作慢了，所以逃不開，我才能和螳螂眼睛對眼睛，深情相望。

一月三十一日

大年初四，收禮物日，宅急便送來一只名品鍋。

那天大家一起吃火鍋，無心說道家裡鍋子不夠大，得分兩鍋才放得下所有食材；朋友聽了，立馬說要送我們這只二十八公分大鍋。

這些年來衣食無缺，對禮物欲望不高；但一只鍋，一只可以宴客的大鍋，喔，只能厚顏感謝了。

朋友忒明快，回家就包好鍋子，昨天寄出，今天收到，讓我們大過年就有新鍋子可以用。

二月一日

大年初五，荒年裡的小豐收。

今年我們菜園非常慘烈，因為冬天不見了，也因為我們飛了一趟紐西蘭。所以，過年沒什麼菜好收成，連醃菜都吃鄰居給的。

幸好，草莓、番茄依然美不勝收，高麗菜寥寥幾顆可以入眼，走一趟園子，還算抱個滿懷。

這樣的氣候會不會是常態？沒有人知道，人們依然馬照跑、舞照跳；而我們也只種給自家人吃、不靠此為生，首當其衝的是農人。

中年以後，比較懂得抬起頭來客觀看世界，真切明瞭階級是難以翻身的宿命，教育是其中一條捷徑；只是，當教育也不再教育了，年輕世代要怎麼翻身呢？

沒有人的人生應該永遠荒年，我們伸出的手都可以是別人的豐收；中年以後，也明白了自己就可以是一個媒體、一種力量，拯救這世界。

二月十四日

長大以後才知道，我是一個沒有志願的人——沒有想從事什麼職業、沒有想成為怎樣的人。再長大一點，才發現我的志願是自己，好比一棵樹，只要往上長，就是一輩子。現在我的志願實現了，住在鄉下，成為村民，偶爾還可以飛出去看看其他村莊。然後懂得了，無欲則剛。

二月二十八日

我的候鳥瑜伽老師這些年轉化成聽聞佛法的小僧，虔誠參加全世界時輪金剛法會，然後一層又一層蛻去放不下的，護持心田如蓮綻放的菩提見地。幸運的我，不管老師去了哪裡，都為我帶回祝福。一尊菩提樹化成的悉達多、一綑轉經輪加持的五色線，老師愛屋及烏，也護持我的家人。

每回見老師，都像被灌頂，我也把這些日子以來的生活向老師報告，包括陪同一對辛苦的好朋

秋天
Autumn

友做瑜伽。

「他們會不會排斥佛教？」老師忽然問。

然後起身多備了兩條五色線給我，要我轉達祝福。

我不知道老師是不是佛，但那一刻，她是把光明帶進黑暗的覺者；而且先問別人的需求，而不是只給出自己擁有的。

我知道「色即是空，空即是色，受想行識，亦復如是。」但不分遠近、相互取暖的這一刻，我感受到此生為人的喜樂。

我們還無法凝定，所以祝福化成物質的線，提醒著：你可以這樣喜樂。

三月五日

賦歸之後，回到課堂，連續上了清理淨化的課，然後就真的被清理淨化了——耳、鼻、喉之間無止盡奔流而出的，難道只是感冒？

當咳嗽深入肺葉，也挑戰了集體意識。

「看醫生了沒？」「咳嗽很難好，不快吃藥怎麼行？」「誰喜歡看醫生？但不看不會好！」

幸好戴上口罩，白眼翻過頭頂再回來也不會被看到路徑。

這是我的身體，請尊重我的對待方式。對我來說，多年沒感冒了，這樣病懨懨也很有趣；你可以選擇不靠近以避免被波及，但你不能指導別人和你一樣壓抑應該要發作出來的惡循環。

農夫趁著冬日修剪盆栽枝條，上了青苔的悉達多倚著禿禿的樹幹，襯著遠一些的茂密老黑松，這一枯一榮竟也示現了佛陀入滅時的景象。

常、樂、我、淨，無常、無樂、無我、無淨。我們都會枯榮，留住繁盛並不是最完整、完美、完全的。

三月十一日

「奶雞又飛走了。」前天晚上，農夫幽幽寫了訊息：「明早又要早起找鳥了。」

第二天一早，他又送來訊息：「已找兩小時，沒有回音。」

我如常在台北，不露聲色。「擔憂」這種事，說了也不會稀釋，只是沾染別人的心。我們兩個人牽掛就好。

和朋友相聚告一段落，才驅車回鄉下，沿途下貓下狗，壞念頭一直浮現。

回到家之後，先把心靜下來，聽聽周圍的聲音。然後，隱隱地，我聽到奶雞的叫聲迴旋著。

「有人在嗎？我餓了。」

循聲辨位，我找到他了。可他不親我，一人一鳥只能對望。

好不容易農夫回來了，我們努力到天黑，這鸚鵡飛了五棵樹梢，就是不下來。

「他不會往下飛。」農夫說。

「可是我很餓。」奶雞說。

天暗下來，奶雞竟然就準備野外入睡了。沒辦法，只好天亮再說，農夫回去值班了。

今天早上，天一亮我就醒，奶雞依然在昨天竹林裡，而且累到不太叫了。

「還是沒東西吃嗎？餓死我了……」

我用盡各種方式，他如如不動。於是，只好使出「美人計」——回家逗旺來，他的妻，小情人開始唱起山歌，你叫我和。

然後，奶雞就飛到離家最近的電線桿上了。準備站台、奶瓶和哨子，氣場做大，命令他回家！

一個展翅，奶雞飛到我手上。

「是你？好啦，沒魚蝦也好，快給我食物！」

感謝牌卡指引。上回奶雞飛走，也是塔羅牌指示方向。感謝靜坐中的光，告訴我：奶雞會在陽光普照時返家。

如今，日曬三竿了，奶雞在站台上睡著了。

三月十二日

午睡之後，農夫約了養蜂鄰居，帶我們一窺蜜蜂世界。

套上裝了細網的斗笠，還有兩條套進胳膊的鬆緊帶，才能確保頭部和頸部的安全。只是，噴了煙的蜜蜂還是拚了命撞我斗笠，如一架架自殺噴射機，挺驚嚇的。

老人家和農夫倒是不慌也不忙，兩個人拉出巢箱裡滿是蜂和蜜的隔板，開始找起女王蜂。

臉書提醒，脫離上班族的日子滿一年了。看著辛勤工作的蜂釀出來的蜜全給了人家，竟也如當頭棒喝。是的，工作的人啊，要知道自己是為誰辛苦為誰忙。能成就自己，是無限美好的事，但若是工作只成全了別人，就要三思了。

採了什麼花，釀成什麼蜜，我們並不真的是身不由己。

三月二十五日

老朋友從京都回來，送了一只紅顏彩紙袋，紙袋一角，還親筆寫下我們的名。

拿到那一刻，紅了紅臉，一如看見童年的夢想清單。

那是一九九八年末，我第一次日本、第一次去地主神社、第一次買御守，歸來後要求別上他的包，低調而驕傲地想向全世界宣告些什麼。

忽忽近二十載，重見緣結御守，竟有見山又是山的百轉千折。

「你要掛嗎？」我問。

「……收在皮夾裡好了……」他說。

時間是風箏的線，劃分了天空，那些飄散的並未遠走，依然在雲端微笑著。陽光露臉的時候，它們一起回來了。

四月二日

本週瑜伽課主題是「消失的兒童節」，整個星期，果然有許多遺忘的兒時記憶回來找我。國中時參加了澄清湖野營隊，認識一位大姊姊，我們持續通信，還約了兩位同學坐火車南下和大姊姊相會。大姊姊對我們的造訪說不上興奮，應該驚訝比較多吧，她帶我們逛夜市，再送我們回高雄後火車站的飯店。第二天一早起來，大姊姊在櫃台留了一封信，說她忙於課業無法再陪我們，三個少男的心碎成一片又一片……

「我如果是那個大姊姊，也會覺得你們很討厭。」農忙時和農夫說起這段早忘了的往事，他這樣評論。

是呀，現在的我也這樣想，明明只是萍水相逢，誰要暮暮朝朝呀？

而那個假期，後來被爸爸的一位貴婦朋友圓滿了。她帶我們回返澄清湖，讓我和同學們一次又一次騎著駿馬繞圈圈；馬背上，一位同學開心地說：「這比跟大姊姊逛夜市有趣多了！」

從此以後，大姊姊成了不能說的佛地魔，被蓋進記憶熔爐裡，直到這兩天靜坐時，才浮上心頭。

夕陽時分，我坐上地主遺留在田裡的一把學生椅，回返童年，和國中的自己說：「她沒有真心要對你好，如此而已。」

四月十六日

我們承租的田地上有一條小溪流，終年不輟從地底下冒著水。農夫乾脆把全家的鳶尾品種都種進淺水裡，天生地養一整年。

喜歡鳶尾的人得有點耐性，她們大部分時候看起像雜草，直到來了花訊，才綻出皇室般的脆弱花瓣。

然後，整條小溪被燃亮了，一朵又一朵、一朵又一朵的各色鳶尾繁亮成銀河，繞著田地，熠熠生輝。

靜坐練習也得有點耐心，大部分時候看起來無用的，假以時日，終將成為環繞我們的護城河。

四月二十三日

冬天結束以後，我們把 nana 的衣服脫了下來，才發現她成了另一個狗……

首先，她胖了一圈，可能因為結紮，也可能因為鮮食小丸子。她從一個挑食少女晉升成暴食大嬸，早晚吃飯成了她最開心的事，那是過去十二年從來沒有過的。

再來，她的毛又蓬又長，像顆毛毛球；可能因為吃了許多鸚鵡掉下的堅果，也可能因為鮮食小丸子。她從一個毛髮稀疏的幼犬，終於成了名實相符的長毛臘腸狗。

於是好友來家裡，問 nana 怎麼「大」了；弟弟久不見她，以為怎麼多了一個陌生狗……

而我當然知道，nana是老了。她的毛色開始花白，體態不再輕盈了，耳朵愈來愈重，睡眠愈來愈長。那又如何？我從來不希望她天長地久，因為我也不要自己海枯石爛呀。

所以，親愛的nana，只要妳健康快樂，我們就繼續相伴；妳不再健康快樂了，我們就揮手道別，讓彼此自由。

五月七日

買下這個家、簽約那天，我們去了年輕仲介家，拿了他們魚池邊上的幾株銅錢草，種在剛剛屬於自己的土地上。

七年過去了，銅錢草爬滿我們後山，還跟著植栽去了茶花園和松柏區，像是錢滾著錢，愈滾愈多，而且愈長愈大，有些葉子竟然有我半個手掌大。

「好棒好美。」我跟農夫說。

「哪裡好？他們會爬藤，快把茶花包死了。」

這是欲望的寓言吧。當喜歡氾濫，便不是愛，那成了災。

什麼都少少的就好。

六月十日

三週內第二次被胡蜂攻擊，動物世界真的很愛我。

上一次是自己去澆水，手揮到一隻巡邏的胡蜂，我看著他在我左手叮咬兩次，幸好手套和袖套穿戴整齊，只覺得著火一般的疼，沒留下什麼傷口。

今天和農夫要去載樹，我跟著他走進茶花園。上一秒還聊著天，下一秒就痛到叫出聲，農夫轉頭驚恐地看著我喊：「快跑！」

我跑出園子，左手小指和手臂已經腫起來還滲著血。拿出衛生紙，尿濕之後，敷上傷口，然後享受一下輕微頭暈作嘔。

農夫研判，他走前面驚擾了胡蜂，我走後面就直接被攻擊。他回頭時，看見整群胡蜂環繞著我，還有要刺我頸子的，幸好農夫撥開了他們。

農夫拿了噴燈，把胡蜂抄家了。珠寶一般的巢穴，一隻隻幼蟲扭著身軀。不好意思啊，這裡真的容不下你們。

回家休息，兩個傷口又腫又麻，繼續自己尿尿自己敷，全身散發阿摩尼亞的氣息。

六月十一日

被胡蜂親吻之後，用餘下的一整天感受「滋養」——從兩個原點開始擴散、腫脹、痠疼，最終整個左側上半身都有感。

早上起來，和農夫說：「今天還是去搬樹。」

這幾年的身心靈鍛鍊，明白了最難清理的是心理情結與舊有模式，最好的因應方式，是一開始就不要種惡因形成心結與模式。

再次走進園子，一開始還是容易心驚，風吹草動就以為真切聽到了胡蜂的翅膀。然而，天空還是天空，綠樹還是綠樹，貼上標籤的是自己的心。

於是，大汗淋漓搬了整車的樹，雖說遲了一天，但心卻更為凝定，再看看手……很好，更腫了。

六月十六日

今天清晨忽忽醒來，聽見 nana 狂聲吠叫。我走到窗口想看她好不好，卻被眼睛所見的景象驚住。

我看見 Brownie，我們的第一個大狗，威風凜凜，站在斜坡上、大樹下。

那片刻，思緒萬千。

Brownie 是去年的今天橫躺在院子裡，被農夫送到醫院；去年的昨天，我完成朝聖之路；去年的明天，Brownie 離開肉身。

他終究回來看我了。

下一刻，他聽見我的聲響，拔腿奔馳——然而，他不朝我來，卻往山上跑。而我才定睛望見，是一個短毛的、精神奕奕的黑白狗，不是我們的大寶寶。

「山上的野狗逛過來吧。」農夫睡眼惺忪聽我說奇遇，下了這樣的結論。是呀，不是我們的大狗，他早已自由翱翔了。

這一年來，nana和我們都適應了只有她一個狗的生活。我很常想起Brownie，也會跟農夫聊起他，但眼淚不多，都是微笑。

六月十七日

家裡那棵玉蘭花樹，年年都來兩次花。去年院子重做，為他留了一圈可供樹幹成長呼吸的空間，今年第一次花訊更是滿枝滿椏。我只愛玉蘭花在樹上的香，沾了露水、添了徐風，淡雅端莊。我最怕玉蘭花在車裡的香，悶了高溫、沒了生氣，俗豔凋萎。可我們的鄰居男人們都愛這一味。農夫會為他們採下花來，分送到他們手中。

這一天，我們送去地主家，正好他們全家外出了，便擱在院子桌上。米黃的玉蘭花放在手錶、茶壺和茶杯之間，竟有種和諧的美麗。

美麗的還有農夫和鄰居的交誼，那是農業社會人與人的共好——都是天地生養的，就慷慨分享吧。

六月十八日

迷你荷花開了，其中一朵花苞被蟲啃咬，開成了風火輪，沒有別朵那樣完美。

一隻小螳螂來了，不愛別朵，獨鍾舊傷口；他站在花心，打好起手式，便開始狩獵。我看著他，一手箝一隻小蟲，開心豐收。

剛剛好的蓮座，恰恰好的佛。

六月二十五日

炎夏開始，去園裡彎折黑松之前，得先做好防暑措施。

昨晚睡前先將綠豆和水放進大同電鍋，外鍋加水一杯半。早上起來煮水溶二砂，加入綠豆湯進冰箱冰鎮。再去採顆自家西瓜，沖涼水之後一起進冰箱。

工作結束，簡單吃了午餐、睡了午覺，重頭戲是消暑下午茶。

西瓜剖開，皮厚了點，但甜度高，兩人一狗六鸚鵡分量剛剛好。綠豆湯只給人類享受，吃完才敢面對漸斜的陽光。

這個世界不完美，有了西瓜、綠豆湯，誰還需要完美？

七月一日

又在園子裡發現一個鳥窩，不知道是同一對鳥爸媽的第二胎，還是另一對賞識我們的夫妻。這一回，巢築在千年變葉木上，編織技藝不如前一回，但鳥蛋襯著修長葉子，姹紫嫣紅好美麗。大自然的生生不息，其實是生生滅滅；只是我們獨愛生，不願滅。慶生哀滅，卻期望圓滿平衡，也是一種傾圮的頹廢。

七月十六日

想到鄉下拜訪我們的好朋友，常會問一個問題：「你們那裡有蛇嗎？」有的。而且，為數不算少。

上週日和大廚好友吃一隻鵝、喝六瓶酒，農夫為我們帶一尾蛇回來，通體紅棕，一公尺半，讓那個夜變得好迷離，滿月如一汪湖水可以打漁。

今天早上往茶花園，遇到一尾初生小蛇，剛剛孵化，幼細惹人愛憐。囑他好好做蛇，就放回林子。

許多人沒來由地怕蛇，就像許多人沒來由地仇女。昨天被長輩領著去買錦鯉，聽到鄉野江湖赤裸裸的歧視女性言語，聽得我耳朵都要長出拳頭。

怕蛇和仇女都需要覺察，而不是想當然爾、慣性思考；嘴巴在說話，也請把耳朵打開，願你聽見自己的荒謬。

七月二十三日

除了莊稼，農夫對民俗療法也深感興趣，腳底按摩、拔罐刮痧都是他的防守範圍。最近他迷上「原始點」按摩療法，從對照點解決身體病症，並強調體寒是百病之源。身為他的實驗品，我開始喝薑湯——幾片老薑煮一鍋水，當成日常飲品。

農夫更訂了一大箱有機老薑，用強力水柱沖洗晾乾，切成片開始曝曬，曬乾之後好保存，讓我保暖一整年。

nana好奇這在曬什麼，走過來嗅聞一下就跑走，這一批手作品可以取名「狗不理老薑乾」了……

七月二十九日

後來，被胡蜂咬就成為我的日常。

那天看到一個蜂窩，想用石頭砸卻被發現，叮了右臂；第二天想用剪刀把那片築巢的葉子剪掉，又被發現，叮了左臂。

「怎麼可能不被發現？」農夫說：「你不知道只能用水和火嗎？」

大水如天落暴雨，大火如森林火災，胡蜂才會相信這是天給的，不是人造的。於是他先拿了噴燈替我報仇，又上了長梯用強力水柱沖擊另一個樹上蜂巢，還真的沒被叮咬。也是，天災除了承受，別無選擇；至於人禍，就要以牙還牙、以眼還眼了。

八月十九日

我們家寵物不少，除了靠近人的狗鸚鵡魚之外，還有一些不貼心的。比如說，每天在院子澆水，會遇到幾隻攀木蜥蜴；他們各自守著自己的疆域，往往隔一只花盆就是別人的國度。於是，日日澆水，他們就一隻隻跑出來打招呼——懷孕的、剛占地盤的、慓悍的、瘦瘦的，每隻都有自己的姿態。這隻最好笑，他占領蘭花堆，我一走近，他就溜進空心磚的洞洞裡，面向竹林，給我屁眼。而我知道，他正斜眼瞄我，彷彿在說：「你們每天都來，煩不煩啊？快走快走，我想回家睡覺了……」

八月二十三日

泡泡眼，曾是童年的我最害怕的金魚。小時候的魚缸或許環境不佳，他們眼泡若是破了，就很容易感染致死。

所以，當魚池一完成、農夫買回來的第一批試水魚有泡泡眼的身影，我真是大驚失色。沒想到池裡從金魚過渡到錦鯉，同期元老早已名垂青史，這隻泡泡眼依然悠遊自在。他的眼泡也破過幾回，可都自己修復好了，游起泳來仍是頭重腳輕，畢竟頭部配有兩只安全氣囊。

他像是慈禧，同行的人先走，後來的人揣測，因為沒有同類，成了一枚異數。

於是，每回餵魚，我都愛看慈禧——有些人活著就是藝術，不管風聲耳語，那不過是別人肩上的因果。

十月十五日

nana 今天滿十三歲了。在我眼中，她依然是那個毛茸茸的幼犬，依然走起路來像跳舞，依然蠻橫又愛撒嬌。

近來身邊有好多狗狗故事——妹妹的奇蹟狗帶著心絲蟲還是活蹦亂跳，好友的女兒狗安祥闔上雙眼，姊姊的利多狗染了黑色素細胞癌……

這些毛孩子是我們的牽掛，卻也引領我們，看見人世間的美好。

親愛的nana，生日快樂。我喜歡妳被抱著時的安穩，小小心跳和我掌心相連。記得喔，無論未來有多長，我們都緊緊依偎。

十月二十一日

本週，人生第一次簽下本票和借條。
「九五加滿。」窗戶搖下，告訴底迪。
「跳停九百五十二元，」底迪問：「有會員卡嗎？刷卡還付現？」
拿出會員卡，然後……摸不到皮夾？
「我沒帶錢包！」大驚失色。「怎麼辦？怎麼辦？」
於是，被領去辦公室。因為我的車沒動，後面塞起車流了。
「對不起、對不起，我不是故意的，請問可以怎麼處理？」
「要麻煩你簽借據和本票，如果你沒回來付錢，我們就可以告你。」
「沒問題沒問題，但我要上台北，一個星期內來還錢，可以嗎？」
「可以，我們二十四小時都有人。」
簽單時，心煩意亂，覺得自己犯了錯，麻煩好多人——早知道去市場別把皮夾帶出門、早知道整理包包時要確認、早知道……
「先把心定下來。」

我抬頭，他直視我，眼中有光。

那一刻，我才記起要深呼吸，才看見了自己的慌亂。

回台北途中，開了音樂，也才記起近來身心的疲憊。是的，有時候很好強，覺得自己「還可以」，其實心早去了遠方，沒有歸屬。

晚上和好友相聚，喝了一杯有柴魚片、低溫乳酪的調酒。記不起來的也別記了，沒做到的也別做了，忽然就不勉強了。

昨天去還錢，深深感謝他們的幫忙。

「沒關係，難免嘛，大家互相。」

拿回了本票和借條，潦草到不行的字跡，一個星期就這樣結束了。

「把心定下來。」這也成了咒語，默誦默念，一遍又一遍。

張開耳朵，偶爾會有，天使提醒。

十月二十二日

我們在田裡種下秋天的莊稼，鄰居男人經過了。

「哎喲，菜種得愈來愈像樣囉。」

午餐時候，我問農夫的意見。

「我想他是誠心讚美，但聽在耳裡，覺得有點酸，好像他很會種田，或是你以前種得不好。」

我說：「為什麼不能好好地說：『種得不錯喔。』」

是的，我常在許多男人嘴裡聽到這樣的句型，好像得先分出高下，才情願讚美。說的人或許無心，而聽者小家子氣如我，總覺得不痛快，並且真心想明瞭：為什麼會用這樣的句子？

「嗯……」農夫沉吟了一下，然後說：「可能我們這些男生從小不太被稱讚，也沒學會怎麼稱讚別人，所以才會說出這樣的話吧。」

他突破盲腸了。

稱讚也是需要榜樣、需要學習的，各位家長，請不吝讚美自己的孩子，特別是鐵一般的男子。

十月二十九日

每年都記錄第一朵開綻的茶花，以為今年會遲，因為好多時序亂了；園子裡，還是差不多時間來了花訊。只是，往年都是小花早珍珠先跑第一棒，今年不一樣，不容易開的大花紫禁城竟然率先枝頭啼唱。

「可能是前幾天下雨，我把自動灑水系統關掉的關係。」農夫研判。「紫禁城要限水才容易開。」

原來，紫禁城建在枯水與等待裡面。

明知道逆境開啟希望，但對於道途上的石頭，總無法平心靜氣接受，於是處處都有這樣的提醒。

沒有人永遠都那麼勇敢，我們只能期許自己：下次更勇敢。

十一月十八日

我也不知道為什麼人生要做這麼艱困的事，他要幹，我只好衝了。穿戴整齊之後，發現只有一頂朋友送的網帽，他拿起裝水草的綠網子往我頭上一套，像極了要去搶銀行；家裡小小孩認不出阿伯，嚇得往父母懷裡跑。

一邊噴著燒木塊的煙，一邊打開小蜜蜂的家，他們還算乖巧，可嗡嗡聲響大得驚人，三百六十度呼嘯席捲，還得拿穩手機錄下我們第一次的採蜜過程。

只見農夫身上、我身上幾百隻小蜜蜂停繞，真是「蜂」火連天啊。

採了幾片巢，走回院子，已有恍如隔世的空虛感。手中的蜜沉甸甸，嘗起來更是滋味萬千，但靈魂還有碎片散落在烽火裡面。

十二月九日

早早和長輩約好，冬日來幫忙移一棵迎賓松。

原來的樹生病了沒有活下來，連根拔起，再鋸成柴燒；然後再挑一棵雕了十年的黑松，做土團，搬運，種在老位置上。

這幾年，愈發敬佩種樹的人。人活數十載，樹可以百年；種幾棵樹，可能比生幾個孩子更讓地球開心。

樹不會養你，但樹可以陪伴一塊土地老去；後來的人不會記得你，但會欣賞一棵樹的姿態，那便也是永恆了。

十二月十七日

各位觀眾，赤尾青竹絲！

拔草拔一拔，農夫呼喚我。上前一看，三角頭，赤紅尾，翡翠般尤物啊。

農夫捉起她來（對，人家是女生），她款款擺了擺腰，儀態萬千。除了嘴懷劇毒，真是世間少有的美。留不得她，又捨不得殺，農夫輕輕一托，丟她遠上樹梢。

「天冷了，快找地方過冬。」

十二月三十一日

二〇一七走到最後，家人和老狗作伴，壁爐前烤火。

歲月是一把風，可以摧枯拉朽，也可以化雨升火；歲月是一雙手，可以翻雲覆雨，也可以擁抱承擔。

你是怎樣的風什麼手，歲月便如是對待，那是你自造的地獄、你築起的天堂。

我的二〇一七，丟掉了些什麼、拾起了些什麼、遺忘了些什麼、恢復了些什麼。沒有變的，是宇宙愛我、我愛宇宙。

謝謝愛我的，謝謝傷我的，沒有你們，沒有我；謝謝陪伴的，謝謝遠離的，沒有你們，沒有我。

對不起，請原諒我，謝謝你，我愛你。

二〇一八

心之所向，便是眞實

一月六日

人世間有許多願望，不是真心嚮往的。

比如說：並蒂蓮——誰真的想要拆下翅膀和另一個人結成連體嬰？想依偎時依偎、想自由時自由，不好嗎？

許願時要當心，許多都是別人價值觀寫在你下意識的腦袋而已。

二〇一八年第一天，我的願望清單就打了勾勾——終於喝到酩酊大醉，記憶多了折縫，有些藏進去不見了。

喝醉挺好的，好睡好起，還可以聽見夢想實踐的聲音。

一月十四日

暖暖冬陽，我們開始採收大梅花白蘿蔔，準備手作細工。

蘿蔔嬰微曬過，撒鹽手搓去苦水，做成雪裡紅，細切之後炒肉末豆乾紅辣椒，非常下飯。蘿蔔頭沖洗晾乾，大切四塊撒鹽出水淺漬一天，開始曬菜脯，院子裡飄起一陣陣陽光釀製的香。算一算，我們兩年做一次蘿蔔乾，如今是第三回合了。再做幾回，菜脯老了，歲月也老了呢。

有些滋味得老來才懂得，不是嗎？

一月二十一日

彼得·梅爾走了，沒有他，沒有我們此刻的鄉下生活。

那時在一間小小辦公室裡，出版社送來他的書，一翻開，彷彿一道任意門，一道光照進了我的未來。那是我年輕時候的神奇片刻，打開一本書，開啟一個覺知、一個時代；好多作者穿越時空，從遙想彼端帶來訊息：你不孤單、你值得更好的生活。

在田裡種下櫛瓜，遙祭普羅旺斯的彼得，然後繼續閱讀，繼續等待被開啟。

一月二十八日

在台中醒來，民宿院子和植物相處，看見爬牆虎開了一朵花。

爬牆虎會開花？喔，原來如此。

再看一次桂花樹，然後回頭定睛，才看出端倪——是牆外花開進了爬牆虎縫隙，獨自綻放。

瑜伽老師今天給的持咒：「隨他去。」是你的花也好，不是你的花也好，隨順因緣吧。

兩天工作坊告一段落，台中很妙，大休息式時，外面飄來燒金紙的味道，還傳來江蕙的歌聲，〈惜別的海岸〉。是喔，爬牆虎，花，我，都期待幸福的前程。

誰的幸福都好，有人幸福就好。

二月四日

貓臉女孩從沖繩回來，送了我們一綑繩索，農夫只記得要掛在門口，其他都記不清了。問了貓臉女孩，才知道是那霸大拔河的稻草繩索，被剪下來成為平安符，讓人把福氣和好運帶回家。嚴寒週末，整日烤火，出入拿木材時，都看到門前高掛的繩索。

天寒地凍，記得升火，火種從來都在愛你的人心中，見或不見，都沿著歲月，成全了彼此的春暖花開。

二月二十日

大年初五，晨光裡的蜘蛛蛋。

鹿角蕨葉尖，我瞥見幾隻金黃色微小蜘蛛，不疾不徐沿著網線走，像在逛花園。跟著他們，才看見葉片分岔處的母船，初生兄弟姊妹全在這裡，等陽光替他們上色。這絕美的城是他們母親織就的，阡陌縱橫，易守難攻，讓敵人進入不了，供初生的他們藏身探索。

城不會一直都在，網不會一直堅強，小蜘蛛們終將告別彼此，踏上自己的英雄之旅。

有一天，會有另外的人，在別處看見另一座蜘蛛城，而我的蜘蛛已然年老，掛在月梢垂釣。

三月二十五日

朋友帶了小樹來，農夫領著去河堤邊種下野放。

從前，我們可以穿過田埂，直抵溪邊；後來長出了田中屋，搭了牆、封了橋，只能繞遠路。等我們終於走到河堤，準備種樹，田中屋男主人，一個美國人，走了出來。

「你們會說英文嗎？」

他開始抱怨這裡的一切——馬路車多了、速度快了。有人會來河堤邊丟垃圾。有人會來用藥。有人會來打野砲。

「你們能做些什麼嗎？我只是想維持這裡的整潔，但我一個外國人爭取什麼，都很危險。」

他說他看到有人烤肉，就去拍照，請對方收拾乾淨再走。他說工作的農人隨意走到他家附近大小便。他說他想請鎮公所來裝攝影機。

「我反對攝影機。」我說。

「為什麼？」

「我不想被監視。」

「……裝假的呢？」

「在你們整地之前，河堤沒有電線桿。」我說：「我搬來這裡，學了很多，跟人們，跟大地。」

我還想說的是，你是始作俑者，你不知道嗎？你選擇破壞了整片田地不是嗎？別人做了什麼破壞，都沒有你極致啊。請睜開眼睛看看你在哪裡生活？這裡不是蒙大拿，這裡是台灣鄉下。你並不危險，危險的是你的認知，覺得別人要和你一樣。

還有，請說中文，好嗎？你在這裡住多少年了？為何別人只能跟你說英文？
交淺別言深，畢竟你只是太自大，自大到失去了覺知。
走回家的路上，我在想：我呢？融入這裡了？還是和他一樣自命清高？

四月一日

終於四月，可以正大光明和三月的厭世告別。
這個三月每天不停的疲憊，從遠行之前，到回來之後。應該是二月變動太劇烈，加上飛行的緣故，只好放空發獃，讓身體等一等靈魂。
今天想起離開東京之前的山手線，一位ＯＬ的紙袋被門夾在車外，月台上等待的乘客全看著那只袋子，彷彿盯著救世主：他將如何回返人間？
戴手套的站務人員輕巧推開了門，ＯＬ鞠躬感謝，救世主被夾扁一角，順利上車。
如今想起，竟如預言──有時候，生活被卡在尷尬的邊陲，不是努力或不努力可以改變的。
這時，只能靜待某個人、某雙手，解開習題。
可這個人、這雙手從來不是別人，救世主端坐在你心裡，你是否看得見？

かけこみ乗車はキケンです！

四月八日

小田原漁港細小得可憐，加上下了雨，領隊我正思索要帶一家老小往哪裡去？農夫竟眉開眼笑、興奮地召喚我。

他又發現獵物了。漁港邊角一爿店舖裡，男人和幾百把刀共處成電影場景。伊呀伊呀推開門，男人手上的菸和暖爐上的薰香交織成一種暗沉味道，一把將我擄掠。而農夫只看見，他心心念念、此行一定要買到的魚刀。

挑呀挑，拿呀拿，終於選定屬於農夫的魚刀，然後男人委靡眼睛一下綻出了光釆。他把魚刀放進四方水缸中，接著從粗到細，用砥石磨了四回，彷彿磨墨，又像動禪，每一次來回都刀在心在。

我被眼前一切震懾，後來感冒了，鼻腔一直裊繞著男人和店舖的暗沉薰煙。

跳回另一個電影場景。昨天夜半，我關了院子的燈走進門，只見農夫緊捉自己的手。

「我被刀子割到。」他看也沒看我。「可能止不了，要去醫院縫。」

他把心愛的刀全磨了一回，再分切兩塊牛肉，接著準備清洗。沒想到利刀彈了一下，正好劃過他右手食指側，據說傷口對不起來了。

急診室是另一個電影場景。嘔吐的老人、抽菸的黑衣人、繞圈的家屬。我坐在一角，想起小田原男人，和他的刀。

「好了，回家。」

縫了四針的農夫，沒事人似地上車了。沿途街燈流了過去，彷彿一陣暗沉的香。

四月十五日

「謝謝你們，在我還不相信自己的時候，就相信我。」萬芳說。

同行的是超過三十年的老朋友，超過二十年的伴侶，超過二十年的摯交；成全的是一開始就為我訂票招待的好朋友，我被滿滿的愛抱個滿懷。

「親一下。」萬芳說。

二十一年前的男孩長大了，和另一個男孩相知相守；曾經衝到台前哭泣的他還是哭了，我們都哭了，而這一次，是禁得起考驗的幸福眼淚。

「我不是唱歌給全世界聽的人，我是唱歌給你、你、你聽的。」萬芳說。

從二十八年前的第一首歌喜歡至今，我熟悉她每個音域、每個換氣、每個呼吸；而我知道，今天她是開心的、激動的、知足的，我也一樣。

「一半，不能是全部嗎？」萬芳說。

每個當下，就是全部了。若時間還能繼續再走，就能多安慰幾個傷心的人、多擁抱幾個知心的人、多陪伴幾個操心的人。

「謝謝天上地下，有形的無形的力量，謝謝你們成全了這一刻。」萬芳說。

還要謝謝我的青春，每一次都愛對了人，久久長長。

四月二十二日

在田裡密集勞力一下午，得到一小堆三色馬鈴薯，附加腰痠入骨。這看在資本家眼中，應該不禁莞爾吧。

再加上之前三、四個月的切莖、覆土、施肥、除草，這還真是一點也不划算的苦差事。

只是，中年以後，還有幾件能不計較付出與回收的執著，都應該好好珍惜；那便是熱情的所在，一如青春年少時，奮不顧身愛上一個人而不求回報……

五月五日

這幾個星期都不開車回鄉下。可以共乘就共乘，不然就火車轉公車、再走兩公里回家。

這才有機會，在小站天橋上，欣賞了一次完美落日。

從小到大，家都住在離學校很近的地方。每每聽到同學們聊起通勤的喜悅和辛苦，很難想像。比如車站上階看著女孩潔白腳踝，或是擁擠火車上交換情書……

如今青春遠得看不到車尾燈，我才有機會親炙這樣的景致，也是一種滿全。

開車很好，坐車也很好；快一點很好，慢一點也很好。人生啊，知道自己要去哪裡，就很好。

五月六日

nana 還是像個幼獸，豎起尾巴和草莓練習搏擊。可她已然老去，近來更漸漸失去聽覺，在背後喚她，都不一定聽得見。

這樣也好，她睡得安穩，連最怕的鞭炮聲也聽不見了。

那天巧遇幾年沒見的朋友，聊起他的貓離開了，臉上神色同時出現捨不得和捨得。

當然捨不得；把屎把尿十幾年，疼惜如命又緊緊相依。也得捨得；貓走了，心輕了，生命又有了其他契機。

那一刻，我窺見真實。

真實，是我習修瑜伽的第一個戒律——哭和笑，喜和悲，人情和世故，過去和未來，都沒有標準答案；心之所向，便是真實。

真實不一定容易入耳入眼，但不真實便是欺騙自己，然後與眾人交相賊。

佛家講「體、相、用」，所有一切在本質上無二無別，都是「空」。新時代說「靈魂永生不滅」，將來都還會見面。

看著 nana，看著緣起緣滅，我在練習告別，也在練習擁有。

微笑和眼淚，都是真的。這個當下，就是唯一真實。

五月十三日

下了高速公路，夜已深，農夫車子卻開始發出「骨嚕嚕」的聲音，像肚子餓。

「赤字！」幾個紅綠燈之後，農夫哀嚎一聲，儀表板出現紅色電瓶警示燈。

他看見路邊有汽車材料行，趕緊停下車，開啟了我們迷離的夜晚。

車子發電機壞了要換，但材料行和鄰近修車廠有舊恨新仇，領著我們轉進小巷裡的小巷，找到一間個人車行。個人車行應該是新手吧，先打開筆電播放歌曲，再花費好多功夫，終於把車升了起來。

鐵皮車廠好悶，加上我鼻子過敏，只好立在午夜星空下，打著一個又一個噴嚏。

「愛唱一首歌，一首有頭無尾的歌，有時快樂，有時悲傷，有時只剩孤單……」黃乙玲如泣如訴在車廠吟唱〈人生的歌〉。

然後，材料行老闆拿出他孩子腸病毒的雙腳水泡照片，告訴我要吃益生菌才能徹底治過敏。車廠老闆拆車拆得全身大汗，底盤還掉在他頭上。

「這首歌唱啊唱未煞，往事一幕幕親像電影，有時陣為著渡生活，就愛配合別人心晟；這首歌唱甲心攏破，一字一句攏是拖磨，因為沒人知，我的心，有多痛……」黃乙玲，噴嚏，還有星空。

終於，有人放棄了。

「這車子明天才能給你們，我先載你們回去，明天再載你們取車。」車廠老闆說。

車行老闆也拿出益生菌給我試吃，說這是他副業，歡迎我們訂購。

回家路上，我和台北買下來的饅頭一起在後座打滾。為什麼？因為車廠老闆開了一輛好吵的改裝車，把鄉間小路當高速公路開，而且還超速飆到一百三……

「因為你嘛知，咱永遠，為別人在活……」

嗯，黃乙玲，祝妳母親節快樂。

五月十九日

我不是貓奴，但最近和貓的緣分頗深，遇見幾個溫柔街貓，聲聲呼喚我和他作伴。

然而，鄉下的貓就沒那麼親人，他們過著狩獵的原始生活，躡腳走路的步伐幾分像豹，往往人還沒走近，便一溜煙不見了。

那天去茶花園澆水，水管一灑，一個三花少女橫過我眼前、溜進竹林裡；可她也不走遠，端坐成招財貓，靜靜看我，很不尋常。

再往前澆，答案揭曉，這個被我淋濕的小小貓在盆栽之間慢慢走，像是在找媽媽；走了幾步累了，還趴好好給我拍照，一臉稚嫩。

我抬頭看看少女貓，也就明白了。不打擾妳的孩子，我繼續澆水。一直澆到盡頭了，又衝出一個虎斑少年，雷霆萬鈞往山上跑。

啊，這是爸爸呀，他們一家住在我們茶花園裡，有山有水，松鼠青蛙都不缺，挺會挑風水。

鄉下生活，出現的動物千千百百種，我有跟你說過昨天清晨來了一隻台灣獼猴嗎？他坐在坡坎上、蛋蛋垂垂的，然後爬上竹林，像泰山一樣飄走了……

六月十日

第一次走進教室，他駝著背、包著心。
那是他人生的第一堂瑜伽課，我受他家人之託，為他鋪一張墊子。只是幾個動作，他已然全身顫抖。慘綠少年，大概就是我對他最初的印象——稚嫩而恐懼，放棄了好多內在的寶藏。
後來我離開那個瑜伽班，把他託付給了兩個好友，他們好認真地陪他認識世界，探索自己。
這些年，我們一年見幾次面，我看著花苞漸漸舒展開來，或許花瓣仍有些畏縮而蜷曲，但背挺直了，心打開了，眼神堅定了，雙手張開了。
上個星期，他完成了瑜伽師資培訓，體位法近乎完美，身形健美一如大衛像。我們對坐在慶祝宴席裡，我內心好激動。
親愛的，有一天你會知道，每個人心裡都有珍寶，只是用什麼方式打開。你還會知道，外在皆是諸法空相，一切唯心造，你成全了自己，就成全了這個世界。
每一朵花都有名字，你的名字叫：自由。

七月八日

白居易南瓜，我們家盛夏果實，摘採了以後，夏天和這一年就走過半了。
農夫一開始和鄰居分享這南瓜種苗時，鄰居不覺得珍貴，任由白居易和土南瓜雜交配種，混出了飛碟瓜、長條瓜、草間彌生瓜等各樣異形。只有農夫鄭重保種，一留十年。

如今，鄰居開始知道白居易的糯甜，每年來要幾株苗，看我們收成也樂於分食。

我跟農夫提及，美國量子力學布蘭博士有個研究報告：世界總人口除以一百再開根號，只要八千個人端正心念、改惡從善，地球災難就會減少，這便是心念的力量。

「台灣做善事的也不只八千人不是？」農夫說。

「可做壞事的也不只八千人啊……」我回答。

心的力量上得了天堂、下得了地獄，每一念都要斟酌醒覺。

八月十九日

一對年輕朋友來到鄉下的家，看到 nana 開心不已，他們心心念念想養這樣的狗。

「只是不知道會是什麼個性？會不會貼心？」他們青春無敵的臉上，爬上初為人父人母的憂慮。我懂，我也走過這樣的路。因為期待，所以害怕希望落空——怕來的不是自己喜歡的、怕彼此個性不合、怕沒有別人家可愛……這其實很像懷孕的母親。

第一眼看到 nana，我也懷疑她是我的狗嗎？相處久了，便不再有疑惑，她就是我眼中那獨一無二的一個。因為什麼人養什麼狗，她漸漸像了我。因為我們豢養彼此，從此看不上其他種種。因為時間釀成蜜，我們成了一體。

「只要你們決定了，便會有一個屬於你們的狗來到眼前。」

我們是這樣的，你們一定也是。
我還知道：狗是虎爺，卻選擇哪兒也不去，用他的愛陪你一段路。

九月二日

九月還有一件重要的事：搬家。
童年時期，我們常搬家、轉學、換班級，直到住進東區的家，一住二十八年。
不過，家沒搬遷，心倒遷徙了一回又一回——從台灣到全世界，從全世界到新竹鄉下。
這個月，我家要搬離東區，遷移到弟弟的領地，三峽。然後東區的家要大變身，成為一個共享空間，和需要的人，和喜歡的人。
二十八載歲月積累的功過與塵埃，正一點一滴清理移轉。
昨天拿了兩袋蓋斑鬥魚要放進缸裡，忽然想到：他們也在搬家。
那麼，哪裡才是家？
此生逆旅，心在的地方就是家。

九月九日

大雨之前，農夫決定採收大冬瓜。

「你去把推車拿出來。」他說。

「大冬瓜要用扛的才有趣。」我答。

快刀一下，瓜頭在我肩上，瓜尾上他肩膀，呼，挺沉的。他乾脆自己扛著，一路上坡回家了。

這瓜生在路邊，密葉遮掩，果蠅沒發現才倖存下來。半個人高，一個孩子重，工作結束、狼狽的我們成了比例尺，襯出瓜的分量。

「要去問問怎麼醃冬瓜，否則哪吃得完？」他喃喃念道。

是呀，我們的鄉居生活就是一個接一個連鎖反應造就的，已經不只是「一朵小花」，都快成為「哈利波特」了。

生命會找到出路，冬瓜會找到食譜；坐上人生噴射機，沿途就是目的地，我們都是倖存的冬瓜。

九月十五日

二〇一八年九月十五日，午時入新厝。

從來沒想過會住在粉紅色的房間裡，祈臻小朋友童年的選擇，決定了我中年的顏色。

粉紅色，金星，無條件的愛。挺好的，我就這樣擺渡進了狡兔三窟。

三峽，請多指教。

九月十六日

幾十年沒住在集合住宅，樓下有管理員和公設，屋裡有設計師朋友的作品，窗外還有密集的鄰居。萬家燈火以後，發現人都是一樣的，一樣吃飯、一樣睡覺、一樣翻攪又平息。

我房間有面南大窗，熄了燈，只剩遠山剪影和 Motel 霓虹燈閃爍。貪戀風雨路樹和風塵故事，就這樣看到睡著了。

半夜起來，以為醒在異國 Airbnb，Motel 原來也會熄燈。

雨下完天會晴，日來了燈滅去。只能提醒自己：人生，也是沒來沒去沒代誌。

十月六日

台北東區的家，一片狼藉。

看著記憶燬盡，我沒有太多傷春悲秋，反而像在隧道裡看見了光。

不是不珍惜，記憶已在最完美的儲存區，徒留物件，不過是戀物和執著罷了。

關於「破壞」，我們常常貼上「毀滅」的標籤，覺得是個無以為繼的句點。

可沒有句點，就沒有下個段落。

我站在新的篇章裡。

十月十三日

一起走朝聖之路的旅伴蘇格拉底，再次走到聖雅各大教堂，還選了更艱困的「北方之路」。他沿途傳照片給我，彷彿我們再次結伴同行。老天爺更安排他住進我們一起住過的房間，多次元宇宙再度交疊了。

看著他走到終點，我止不住地想念，興起了去瑞士看他的念頭。他今年六十七歲，東方人覺得摧枯拉朽的年紀，他依然在路上，一個人，沒有太多擔憂，只是往前走。

剛買這塊地時，觀音長輩來教農夫嫁接，在石柿樹上接了筆柿。如今七年，筆柿才終於結實纍纍。沒有等待，就沒有收穫。

歲月也是一樣，日久見人心。這「人」不是別人，是自己；這「心」不在他方，在胸襟。肉身都會老，人生是向死的存在，宇宙是恆長的改變。蘇格拉底讓我想窺探自己的老去——色身衰弛，心卻更自由，便是萬幸。

十月十四日

小犬 Banana 明天要過十四歲生日了。

她是我生命中最久長的跨物種之愛，不用語言文字，我懂她、她懂我；哪怕仍有些自作多情、自我投射，我們都在彼此此生占據重要位置。

十四歲老奶奶的年紀，她依然可以輕巧地在我掌心起舞，依然會用娃娃音尋覓我的擁抱，關於這樣綿長寵愛，我深深感激。

真正愛著，就不怕明日天涯。親愛的小公主，讓我們繼續幸福快樂。

十月二十八日

三批親朋好友接連來摘了筆柿和鳳梨釋迦，以為到了季末，哪裡曉得農夫還有新花樣。

昨天他回家時，開心地問我知不知道什麼是「電土」？然後一起去後山摘水果。只見他爬上柿子樹，砍了三根枝椏，柿子就多到沉重重了，再摘了釋迦，回家「孵」水果。

電土是種礦石，敲打時閃著火光，加了水會緩緩釋出熱氣，恰好用來催熟水果。農夫看滿樹筆柿還生硬硬，就去找來電土，催熟了好享用。

農夫說他童年時，台灣是紅柿出產大國，他們跟著大人一起用紙箱一層一層疊柿子，中間還要鋪報紙，避免柿子軟了相互擠壓。我沒這樣的童年，中年之後開始耕地，光剝筆柿蒂頭就讓手快腫起來了……

孵完筆柿、釋迦，他竟然又削起柿子來。我做好晚餐，只聽見他說：「明天要來曬柿餅。」

十一月三日

昨天看柿子裸曬，今天看柿子泡大眾池。

是的，農夫又有筆柿新招。捶碎幾顆醜果、幾片葉子放入缸中，再把青黃柿子接續放進去，然後加水淹過柿子。碎柿和碎葉會開始發酵，一週之後，柿子的澀味被去除，成為脆甜的水柿。

十一月四日

第三天，風華絕代的柿餅。

青春真的讓人流連，但青春美在不能永恆；終要熟成、終要老去，只是，成為了什麼樣的大人？

請成為曖曖內含光的大人——相信你相信的，並為你不相信的爭取平等；幸福你幸福的，且不阻擋別人的幸福。

十二月八日

今年是重新紮營的一年——八月弟弟搬家、九月媽媽搬家、十一月我搬家。四個月搬遷三次，三個空間各自有了新表達，挺有成就感的。

改變最大的，是我住了二十八年的東區老家。從原生家庭五口之家開始，到母子三人，到開枝散葉，如今成為一個聚會教室、一個分享空間。牆上掛了外婆的山水畫，還有媽媽為我織的小毛衣，老紅木餐桌成就圓桌會議，老神桌改矮成為祭壇。這是我的根、我的起點。

櫃子裡放了瑜伽墊和輔具，瑜伽繩安上一面牆，鏡子也已經到齊了。這是我的奉獻、我的新時代。祈願來到的每一個人，都能找到自己。

自己就是自己的家。

十二月九日

農夫變漁夫，和他的第一桶得獎魚。

台灣最大的錦鯉比賽，去年還是來看熱鬧，今年就成為參賽者。

向來有著新手手氣的農夫報了一桶魚，十五隻參賽，十一隻得獎——三個冠軍、四個亞軍、兩個季軍、兩個準優。

錦鯉比賽先分類別、再分尺寸，各項目參賽魚隻不多，使得新手養魚者容易脫穎而出；但第一次比賽就上手，還是讓農夫喜上眉梢。

陪伴者如我，卻忽然看懂了——這就是個「推坑」的比賽制度，讓孩子以為自己贏在起跑點，往後平庸或超俗，都義無反顧了。

所有遊戲，清醒的人玩不起來，大概就是這個意思。

十二月二十二日

三週前，甫搬好東區的家，看著百廢待舉，一時心急，獨自一人搬完近百包土，還有幾個沉甸甸的重物。

累了以後，眼裡飛蚊多了，餘光還有閃電，偶爾一道，劃過邊陲。

身為資深高度近視，只得快快乖乖就醫。點了散瞳劑，這世界盡是迷離的光，亮晃晃又難聚焦。

「視網膜太薄了，要修補一下。」醫生果然做出這樣的結論。

這不陌生，十年前另一個醫生說過一樣的話，然後雷射手術，然後整棟醫學中心就停電了，我眼睛被撐開，等電來。

「會痛嗎？」我又問了一次。

「不會，會點麻藥。」兩個醫生，一樣答案。

我的頭被固定下來，眼睛撐住一個放大鏡，強光直直照進來，眼前只有白色甬道。再來是看到眼底視網膜，紅色黃色蜘蛛網，沒有攫獲任何獵物。

雷射光進來了，開天闢地，星子流轉，雲圖散開，黃綠光一下又一下布滿整個世界……

一、二、三……五十、五一、五二……共六十一下。我默數著，因為疼。

對，醫生都說不會，但我清楚感受到疼，在眼球後方、靠身體中心線，某條神經被抽動著，有距離卻忽視不了的，疼。至少這次沒有停電。

「不要提重物，不要激烈運動，兩星期後再來做左眼。」

就這樣吧，家裡荒廢著，在意的人反正不是我。就這樣吧，該休息就休息，人生也沒有一定要去到哪裡。

這個星期，左眼也開了天地，兩眼扯平了。

近來更慵懶了，畢竟眼裡有傷。可看出去的世界更不一樣了——眼睛進化到三點〇，視野要更健全開闊才行。

十二月二十三日

年年種番茄，去年收成前又陰又雨，苗株全染了病，一顆都沒吃到。

今年多晴少雨，大小番茄健康長大，每天都可以摘些入菜、當水果。

和其他蔬菜不一樣，番茄不能給太多水，乾乾的土反而長得好。

恰如我許多朋友，都是「抖M」——太多的愛與關懷會讓他們擔心世界傾倒了；少少的給予、椎心的凌遲，才能體會愛的稀薄與濃郁。

十二月二十九日

二〇一八最後一週，我們差一點和 Banana 道別。

我坐在好友車上，聊著日常，農夫打電話來，語氣有強壓的鎮定。

「nana 癱掉了。」

農夫休假，整理好家裡走出院子，nana 沒出來打招呼，軟在她臥舖前方，瞳孔放大，氣若游絲。

我們說好了，有一天狗狗準備好要離開，我們不做侵入式激烈手段急救，只緩解疼痛，陪伴她往下一個旅程。

今天就是這一天嗎？

「我快摸不到她呼吸了。」送往醫院途中，農夫再次打電話來。「你要有心理準備……」

好，我會。但，要怎麼準備？

好友陪伴著我，高速公路塞起了車，歲末冷冬，路上的人都心浮氣躁。

呼吸，只能呼吸，然後為我的小狗送光與祝福。無論她決定怎麼樣，我都尊重，也都臣服。

某個紅燈，農夫福至心靈，為 nana 做了原始點按摩，她眼皮有了反應，悠悠甦醒。

到了醫院，打了點滴，給了電毯，nana 抬起了頭，四肢也有了知覺。

等生命跡象穩定，開始檢查，原來是「急性胰臟炎」——狗狗重症，發生原因不明，從此要限制飲食。

我去看她的時候，心跳、血壓、血液都恢復了，一心想鑽進我懷裡撒嬌；呼吸淺了些，面容老了些，身體虛了些，但她決定回來了，回到我們身邊。

抱著她坐在醫院，想著塞車的高速公路、想著農夫強壓的鎮定，又近又遠、又清晰又模糊。

二〇一八最後一週，我們練習說再見，也練習，再見。

十二月三十日

謝謝大家對 nana 的關心，收到滿滿祝福的她，今天順利出院了。

這個神奇小狗入院時，發炎指數高到破表——醫生說，高到驗不出來，應該是身體承受了極大疼痛，導致休克。

住院三天，今天再驗，指數竟然趨近正常值，降了十倍以上。

「真是意志力堅定的小狗。」農夫摸著她頭說。

是的，我昨天告訴她，身體要健康了才能出院，今天指數就回來了。

一回到家，先撒一大泡尿，然後在地上翻滾曬肚皮，前幾天的奄奄一息都過去了，nana 又回到時而公主、時而女王的傲嬌樣。

都說狗活在當下，這是真的。昨天有昨天的苦，明天有明天的甜，但那都不是我的。只有此刻，唯一真實。

十二月三十一日

生活是面鏡子，我們在彼此看見了自己。

這大抵是我二〇一八的學習。搬家遷徙、張羅空間、重新紮營，那些捨得、捨不得的，都是我內在曲折而已；看在浩瀚無垠宇宙中，也值得、也不值得。

看著農夫抱著nana，看著她在別人懷裡的樣子。小狗是我的，也是她自己的；關係是我的，也是它自己的。

二〇一九，願我們都在二元裡，明瞭合一。

二〇一九——種植是一種慢時尚

一月一日

明瞭合一，然後該往哪裡去？

我目前找到的答案是：共好。

台北新空間落成前，朋友送來手繪陶杯，說是家裡要出清的，提供上課同學使用。杯子已然美極了，心意更是絕美。農夫看到、聽說了，又多買了好幾個。

他帶著自己專屬杯去辦公室，同事們紛紛打探，更有人說就愛這樣的杯，可老婆大人覺得貴重，不許添購。於是牽起了線，屯貨品開始流通，流經每個人都是喜悅。

這就是共好。

「同情」有上有下，「同理」有你有我，佛家說「同體」，才真是你中有我、我中有你、宇宙一體。從前以為，花花世界，每個生命都是綻放的蝴蝶。如今體會，我們都是同一朵綻放的綻放、蝴蝶的蝴蝶。

一月五日

新空間工程最後一擊，發生在開年第一週。

因為多了一個小廚房，發現老瓦斯管鏽蝕了。打電話給大台北瓦斯，排隊一個多月，來了個官僚設計師，說老公寓從前都將瓦斯管線內埋，如今於法不容，全要重拉。

逐層簽署同意書、提早繳費、信件往返、心戰喊話先按下不表，好不容易排好拉管時間，超過二個月的冗長等待才終於看見曙光。

拉管這一天，工班遲到了，兩名大漢粗魯而無章法開始拉管，整幢公寓都聞到菸味，菸蒂也踩踏在各層樓；請他們脫鞋又硬要穿鞋踏過好友新贈的地毯，一排鞋印傻傻蕩著笑。

終於管線拉進家裡，一個釘子打破水管，水柱就這樣沖了出來，灑到各層樓去。大漢慌了，要我幫忙關水源總開關，他淋成落湯雞。

然後，踏著水褲管到處滴，說他會負責，但要先拉瓦斯管。

「我們無水可用怎麼辦？」我問。

他只好要我找水電來修，他會付錢。

水電來了，獅子大開口，開價五千元。大漢揮了揮手，說了聲好。水電備料而去，大漢背影好落寞。

「大哥，你可以先拿五千給他，我再回公司拿給你嗎？」背影發出聲音。

「不行，你們談的價錢，你要自己負責。」

「但我身上沒錢，戶頭也沒錢，公司又不付……」大漢終於轉過頭。「五千我要賺好久……」

在我眼中，他的武裝全沒了，成了無助大男孩，弄壞了玩具，乞求協助與幫忙。

我常常在男人身上看到這樣的能量，他們的堅強與蠻橫只是打腫臉充胖子，內在是脆弱和忐忑。我當然有氣，卻同時看見，憤怒的無用。男孩退無可退、無能為力了，只能給他一雙手，或是逼他跳樓。

我選了前者。他退了水電，請公司老闆來幫忙。

老闆來了，就知道是什麼教會男孩這樣工作。

老闆自己喝著海尼根，還打算在陽台抽菸，我請他不可以在這裡點菸。

「我在外面，又不在裡面……」老闆無限迴圈喃喃念著：「我在外面，對不對？我在外面又不在裡面……」

老闆鑽開了牆，負責接水管。第一次把水管燒更大個洞，只好再把牆鑽更大；第二次接不牢，第三次才終於接好，夜晚已然降臨。

然後，老闆拎著海尼根，不知所云下樓了，留下男孩收尾。

當廚房瓦斯爐終於燃起火苗這一刻，男孩天真無邪地笑了，他全身髒兮兮，但玩具修好了耶。

男孩啊，謝謝你替我上了一課，也願你記得這一課。

同情、同理、同體，開年許下心願，光速示現了。

一月十三日

昨天採收超過一百斤的好彩頭白蘿蔔，晚餐後切開鹽醃、重壓去水，今天開始曬太陽。

祈臻小朋友從小在這塊土地長大，已經第五回參與蘿蔔乾製作。她一枚枚把蘿蔔鋪開，彷彿仙度瑞拉，曬完蘿蔔還加入咖啡豆去果皮果肉，再去種皮。

敏感的弟弟也漸漸可以走入田裡，只是更樂於觀察蜜蜂、蝴蝶，在自己的視線中認識這塊土地。

繁華城市給予視野，田裡生活練習扎根，願這兩端擺渡擴展了孩子的心，終有一天，學會無入而不自得。

一月二十日

今年要開始移樹。當年種地小樹已然茁壯，要挖起來入盆，再用人工與歲月雕出姿態。首批移植八歲琉球松，地表身高已然超過我，還不知道地底扎根有多深。

農夫磨利圓鍬，反手斜角鏟出護根土團，再正手挖出離地小溝；我開始搖晃主幹和土團，他鋸掉粗根，再綁上扁擔、荷在身體任何部位，一前一後抬樹離地，然後再搬上車運送回家。就這樣一天搬了七棵。

回家之後，整理根系和土團，再放進滿是印尼鈷石土盆中，方便未來年年整根塑形。

一日工作終了，已是晚上九點。中間間插早餐、午餐、晚餐、小狗兩餐、鸚鵡三餐、錦鯉五餐。以及，曬蘿蔔乾。

十點剛過，兩個後中年人都在床上躺平了。

「今天很累。」我說。

「對，手腳發軟。」一連農夫都體力透支了。

「以後別種那麼多好不好？」

他哼哼哈哈。

早上起來，手軟軟、腿痠痠，繼續挖樹。

欲望便是，想望的比需要的還多，然後困住了，自己。

二月二日

鎖上了門，和東區道別，下次再見面，已然春暖花開；接著抵達觀音長輩家，刨絲做起蘿蔔糕。這兩年都是這樣開啟春節假期——農夫種的日本大根加上長輩手藝，還有相聚情誼，就是溫暖的道地年味。

狗年最後一堂瑜伽課，和自己的內在小孩在一起。那些孤單、落寞、渴愛、無助，都過去了；畏畏縮縮的孩子也好，蹦蹦跳跳的孩子也好，給他一雙手，一個擁抱，對上眼的那一刻，彼此都被支持了。

豬年就要來了，願你成為自己內在小孩的父母。愛，從來不假外求。

二月六日

種植是一種慢時尚，天地生養的藝術品，我們把玩，然後下肚。

每年春節都是勞動節，昨天做樹，今天做蘿蔔乾。偶得雌雄同體維納斯，還有一樹海珊瑚，紅磚上陳列，也有幾分博物館感。

沒買門票，就忘了自己住在博物館裡，舉目所見，皆是傑作。

三月二十三日

超級滿月的一週，情緒也是滿溢的。

週一中午，廚房吊櫃在我面前跌倒了，上百個杯、壺、酒，天崩地裂堆疊眼前，酒水如血般流淌地上，許多收藏或是毀了，或是扁了，或是碎了。

接著獲知大舅媽進了安寧病房，即將前往下一段旅程。

週二聽到幾則間接的哀傷故事，認真覺得，在眼前的都只是練習。

週三月正圓，瑜伽小班派對夢一般愉快著，此情此景，發生當下即是永恆。

週四一早知道，好友十七歲狗狗一睡不起，舅媽也駕著滿月離開了，心中無限祝福，願每個離苦得樂的靈魂去抵光和愛的國度。

大舅媽有著菩薩心腸，長年禮佛、教瑜伽，對於自己的病情和離開不想驚動太多人，我相信，這是她修行的一部分——每一堂瑜伽，始於呼吸、終於大休息，就是一世輪迴的縮影；她從一而終，無愧練習，是我的好榜樣。

人生在世，什麼也留不住，收拾好碎了一地的殘局，最終要把練習留在心裡。

不執著快樂，不執著痛苦，來來去去，如去如來。

四月十三日

歐洲回來之後，心裡一直記掛一個朋友，可怎麼也找不到。

那天福至心靈，想起他的情人，我們有過一面之緣，便在臉書上蒐尋，給對方一個訊息，詢問朋友近況。

「他去當小天使了。」

晴天霹靂，又萬般真實。他在我想念的縫隙抽身，又或者，他用思念告訴我他的離去。

二十年點滴占領思緒。他對我向來寬厚，噓寒問暖不消說，每次見面都堅持要送我些什麼——佛首、塔羅牌、珠寶盒、版畫……物資價值，遠不及他對我的關心。

我能做的，是陪伴他人生低谷。新店舖開張，我去張羅食物；偶爾相約算算塔羅，吐吐苦水、罵罵負心漢。我知道他心裡苦，也知道他放浪形骸，那是他的人生，我只能欣賞不能插手。

最後一次見面，他把一批佛首交給我。

「親愛的，」他寫道：「拿佛頭給你照顧，畢竟你比我穩定多了，他們會較輕鬆自在。」

後來才知道，人生低谷還有深壑；他在那裡，沒有呼救。

得知死訊，憂傷之後開始憤怒，我不氣他，是氣那些背離他的朋友，他們怎麼可以放手？怎麼讓一個好人載浮載沉？

末了，再次體會，那是他的人生，我只能欣賞不能插手。

而這些影響了我，我答應一些從前不願的承諾，有意願去踩踩舒適圈的界線。那不是為他而活，而是再次感謝，人身難得。

親愛的小哥哥，謝謝你給了我好多好多，你在天上、我在人間，我們都要放下了。那些快樂、那些抑鬱，都是一場戲，幕落了，我們還是我們，永恆的星星。

而還在人間的好朋友，若有什麼我能為你做的，掌聲或是擁抱，一隻手或是一頓飯，請你務必告訴我。

四月十四日

「你來一下！」農夫喜孜孜對我招了招手。

摩托車座墊打開，一隻鱉精疲力竭、六神無主地抬頭看著我們。

「我在馬路上撿到他，不帶回來，一定會被壓死。」

小鱉快要乾涸了。趕緊拿了一只盆，給水給遮蔭，再撒些魚飼料；他很快就融入新家，又吃又睡，還愛曬太陽。

多物種是鄉下日常，還有果子狸會光顧我們菜園，蛇鼠鷹貓更是常客。

而再次搬回東區之後，也發現台北環境比從前好了許多，喜鵲已是常見鳥，不時在我院子晃蕩。

我們的環境好不容易走到今天，都是胼手胝足自己打造的；別去冀望有人會無條件拯救我們，那不過是夢想白馬王子的公主病罷了。

民主、自由和人權，也是這樣的。

四月二十八日

又是白頭翁築巢季節，上週發現的鳥蛋，後來就被棄養了。

「可能是鳥爸媽覺得不安全，換了別的地方。」農夫猜測。

可鳥蛋沒孵，才真的被棄養。他決定把蛋拿回家，放進孵蛋機裡，等待幼雛破殼那一刻。孵了一天，他拿蛋出來照光，要觀察鳥蛋是否受精。冷不防，鳥蛋在他手上破了，只見一個小小胚胎……是的，生命裡，好多冷不防——冷不防的憂傷、冷不防的離散、冷不防的天災、冷不防的人禍……

所以我們練習凝定，still。不卑不亢、不徐不疾，如實面對冷不防。

別忘了，快樂和幸福也是冷不防，沒有招手、沒有點頭，翩翩到來，不是嗎？

五月十一日

和農夫去等垃圾車時，遇到住在田中央的美國人鄰居。點了點頭，我倆繼續聊天，美國人又來插話了。

「你們知道怎麼對付 drone 嗎？」他用英文說。

「什麼是 drone ？」我當會話練習。

「直升機下裝著攝影機。」

「喔，空拍機。」學到一個單字了。「為什麼要對付空拍機？」

「我擔心他們有犯罪意圖，可以拍我家。」

「但 Google Maps 上什麼都看得到，不是嗎？」

他愣住了。

「這裡並沒有禁止空拍機，他們只是覺得這縱谷很美，想記錄下來，如此而已。」

「我還是要想辦法對付，阻擋訊號什麼的。」他堅持。

「那麼，犯法的是你。」

就是有人這麼有被迫害妄想症，總覺得別人要傷害他們，最終，自己成了壞人。不只我的美國人鄰居喔，還有阻擋同志結婚的那些人，他們對這世界充滿偏見和歧視還自以為是。願上天垂憐，在他們有生之年明瞭自己的狹隘，有機會彌補過錯。

六月一日

我的瑜伽課上，意圖，是第一件重要的事。

意圖是目標，所以要淘選聚焦；意圖是道路，所以要保持覺知；意圖是動力，所以要評估資糧。

而許多時候，我們的意圖是渙散的。比如明明要存錢，又覺得聚餐也應該、電影也應該，遺忘了方向。

因此，自律，是第二件重要的事。

自律可以是一個人的煉獄，也可以是一個人的嘉年華，端看你的意圖有多堅定。

比如明明想談場戀愛，又覺得招手的工作很誘人，去工作了又因為沒有愛情自怨自艾……快樂，是最終的戒律。

有了意圖，懂得自律，那就盡情快樂，別坐這山望那山——你從來不會到那山，因為你從未啟程。陽光總有一天會照耀到你身上，但你得先做好準備。否則陽光來了，你還沒把心事拿出來晾。

六月二日

半日工事：整理文人松。

拉起根盤，整理根系，換了大盆，明天好載去好朋友家當禮物。

金牛座好友五十歲生日前後，進階成了宜室宜家——自己修繕家裡，拆床板、釘小桌，還把陽台整理了一番。

知道他想要一棵端景松，農夫挑了從小雕成的這棵黑松。這種一枝獨秀、高處分枒的樹形，別稱「文人樹」，大概是在稱讚文人清新脫俗、心無旁騖的情操吧。

從前嚮往擇善固執的人生，相信一輩子做好一件事就值得了；可現在覺得，這種人生沒有不好，就是……無聊了點。如今世界轉動快速，覺悟得早，可以有個第二、第三人生，不是也挺好？

那就境隨心轉，想活一種人生就活一種人生；走不下去了，就換一種姿態過生活吧。

最怕最後沒有了「善」，只剩「固執」。

FLORENCE

六月八日

農夫一位表弟做鐵工做出心得，今年自己成立品牌，往設計家具發展。為了支持自家人，我們訂了一只大鳥籠，也換新二樓鏽蝕的欄杆。

設計，從來都是為解決問題，而不是標新立異。我們要耐用、好洩水的鳥籠，表弟利用不鏽鋼材質加上斜屋頂，滿足了我們的需求。而金鋼鸚鵡發情期需要很大的空間，這鳥籠，都可以關人了。

中年以後，明瞭金錢是人類最大的能量之流，我們可以更有意圖地使用金錢，扶持想扶持的、召喚想召喚的。這幾年，更覺得「社群經濟」是趨勢——親朋好友用金錢支持彼此，不只減少碳足跡，更強化彼此的羈絆。於是，我們訂購朋友手作麵包、手工皂、辣椒醬、農產品，甚至上朋友的課程、支持朋友的事業。既然唾手可得，何必捨近求遠呢？

宇宙提供我們豐盛滋養，我們也可以滋養身旁的人，這才不負此生相遇。

六月九日

昨天一起來工作的表弟同事，是來自屏東二十七歲年輕人，晚上吃飯時才知道，這一趟是他此生到過最遠的地方。

我們都大吃一驚。他之前只有國中跆拳道比賽到過麗寶樂園，車行過台中，他跟表弟幽幽地說：再來就是沒有去過的遠方了。

忽忽想起農夫和我的二十七歲，我們飛去美國，探訪到舊金山工作的朋友，還有在洛杉磯讀書的表哥；如今晃眼二十年，他依然是我最好的旅伴。

只是，我的人生和那年輕人相反——從前張看世界，現在回歸鄉間。

這是田裡黑美人和小玉最豐收的一年，拍張照留念。盛夏光年，西瓜很甜。

六月九日

午睡之後，我們又到田裡工作，渾然不覺這個午後不同於過去未來，如此特異的存在。

一隻小蟲，鑽進我右耳洞。

我們正在種樹，我感到右耳洞一陣騷動，一摸，有蟲，大叫。

農夫看到蟲屁股，折了樹枝要擋住去路，他不依，往深處爬去。

那好像皮膚表層所有雞皮一起打了哆嗦，癢的不只是耳朵，彷彿渾身上下都浸泡在螞蟻窩。

農夫跑在前頭，催促我回家夾蟲子。一邊跑還一邊大笑：「怎麼你都會發生這麼奇怪的事啦。」

我一邊跑一邊呻吟，戶外打麻將的鄰居不知做何感想。

小蟲一被夾子碰觸，就縮得更深，轉了個彎，棲息在耳膜之前。

「走，去掛急診。」農夫說：「他要是咬耳膜，就麻煩大了。」

我覺得一切是在開玩笑，生平第一次掛急診，竟是為了一隻小蟲？

驅車前往醫院，我感覺到小蟲依偎在我之內，他的觸鬚、他的腳，但沒有覺得他想傷害我。

閉上眼睛，跟小蟲對話。我知道你要給我訊息，是不是我應該更打開耳朵、仔細聆聽？好，我知道了，那可否請你爬出來？我不想去急診室耶。

過了一會兒，小蟲動了，小小腳緩緩地、倒退地往外側走，終於觸鬚碰到了耳洞上緣，我請農夫路邊停車。

農夫再次用小枝擋住去路，這次小蟲屈服了，被農夫一把捉住。

嗯，這聽話的小蟲是台灣山蟑螂幼蟲，以後我可以說：蟑螂曾經在我體內。

優雅不起來的田園生活，再一次成就解鎖了。

六月十五日

月初，nana去洗牙。一般小型犬約一個半小時完成，她花了三個半小時。

全身麻醉之後，醫生發現她上顎有顆腫瘤，我們決定切除送化驗。就這樣，懸掛著心兩週。

昨天夜裡，醫生收到化驗報告——口腔惡性黑色瘤。

收到訊息時，我正抱著nana，夜涼如水，只想找人陪伴，而憂傷還如隔岸戰火。

接著，呼吸被掠奪，胸口悶悶地響了雷。

這一天來了，如預期又不如預期。而懷中的她，貞靜安寧。

農夫回來，我們一起回到和他們作伴的初衷，說好給予他們不侵入治療、不疼痛、有品質的快

樂每一天，一如我們許給自己的。

我們選擇「與癌共存」，今天再次北上諮詢信任的醫生，了解癌症起承轉合，開始安寧照顧，只消炎、控制疼痛，陪她到末日。沒去想「為什麼是我們」？因為「為什麼不是我們」？

大廚好友說，豢養他們，是請了一位上師住在家裡。瑜伽老師說，他們是天使和大菩薩，教我們愛、無常與平常心。

轉眼 Brownie 也離開三年，nana 要十五歲了，即使看起來還是個孩子，內在已是老奶奶了。他們把一生託付給我們，我們怎麼可以不振作？

生也無常死也無常，生也日常死也日常。我們決定如常過日子，當下平安就好，明天留給明天去說。

寫下來是留紀錄，也昭告關心我們的好朋友。我們不需要加油，請繼續為香港加油；也不需要集氣，請繼續為石虎集氣。就是練習道別，如此而已。

衷心盼望 nana 的每一天，開心快樂。

六月十六日

連日大雨之後，我們都要巡水，察看山泉一脈接管有沒有鬆脫。

這次梅雨滯留得厲害，山裡多有坍方，有些河道被迫改變，有些小溪遼闊起來，有些瀑布出現了，有些小溏不見了。

災難創造改變，改變創造新境，新境創造風光。可我們都不愛災難，不愛改變。
愛與不愛，災難都會來，改變都會發生。這便是真理。把心壯大起來，提著膽走向未來。
你是自己的英雄，不可以不勇敢。

六月三十日

二〇一九到了半場，白居易來了。
本週試採一些熟透的，避免田中鼠輩享用過頭；還有許多等待成熟的，身子潔白在草裡蹲著。
今年南瓜長得青春正好，有為有守，標準體態，沒有「走鐘」，不像往年有草間彌生、達利或孟克。農夫檢查後採收，一顆顆擲向我；我接好，再一顆顆放進籃子裡，豐腴豐美豐收。
二〇二〇，會是亟於蛻變的一年，而一切開端，始於二〇一九下半場，也就是明天之後。無論準備好了沒有，時間已經倒數了。
叩問自己：想成為什麼樣的人？過什麼樣的生活？和什麼樣的人一起？實現什麼樣的夢？
只要夠虔誠凝定，神會給你答案的。
而神，在你心中。

七月十三日

我常常想起魯迅遺言：「別人應許給你的事物，不可當真。」然後在人生不同階段印證，並獲得啟示。

字面上的意思很哀愁：別把承諾當承諾。諾言似浮雲，世事無常；應許如流水，飄然遠去。

但字面下的各自領悟，應該才是遺言的託付。

首先是「別人」。自己對自己的承諾，才是至關重要的；自己之外，付出不應該為了交換，而是彼此成全。這樣一想，豁然開朗——我只是要對你好，不求回報；而我也可以不對你好，咱們彼此不用牽掛。

再來是「當真」。什麼是真？什麼不是真？《紅樓夢》說：「真作假時假亦真，假作真時真亦假。」沒有真的假，沒有假的真，因為真的也是假的，假的也是真的。

不只應許，人間一切如夢幻泡影，何必當真？

思想上的解脫，難在塵世間的落實，所以佛家愛蓮，視為重要象徵。

最軟爛的汙泥，開出最脫俗的花朵；最不堪的紅塵，修煉最超脫的靈魂。

七月二十日

農夫和我是不同的用腦人，這件事二十年來沒有改變，也甚少彼此影響。

「魚在日光浴。」我傳了一張魚橫在荷葉上棲息的照片給他。

省略八百字沒說的是——你看陽光明媚、風和日麗，我們辛苦為他們建立了這麼好的家園，可以嬉遊，可以停泊，還可以養兒育女、安養天年……

「葉子太多，無法呼吸，要拔一些。」他回。

應該也省略八百字吧？諸如——愚夫蠢婦，只要浪漫，不懂魚苦……

農夫和我是不同的用腦人。所幸，我的右腦加上他的左腦，勉強湊成一個全腦。

七月二十一日

我是一個開車時看很遠的人，不是為了交通安全，而是因為害怕。

是啊，我很害怕在路面上看到「road pizza」，那總讓我心頭一驚，甚至方向盤一歪。所以，我敬佩在路上協助動物的駕駛，每每看到，都用身體每一個細胞送出祝福。

大雨滂沱的清晨，我看到一位男士把車停在快車道上，他下了車，蹲了下來，用一把黑傘撐住一個橫躺的黑狗。看著那一幕，眼裡起了霧。

而這一天，停在紅燈，看著女孩下了車，用正在發的宣傳單捧住了鳥。風好大，頭髮和裙襬飄飄盪盪，她專注一心，想放鳥在分隔島，又怕鳥摔到馬路或草地，生出了塑膠袋，為他留住周全。這一幕好美、好永恆。

謝謝這些送行者，謝謝你們讓世界多了美好與希望，好人一生平安，我如此信仰，也期許自己有一天加入你們的行列。

七月二十八日

昨天夜裡，大雨之後，鄉下無預警停電了。

整個縱谷一片漆黑，滿天星子格外亮眼，幾乎是銀河了。

點上蠟燭，洗過澡後，我們躺在榻榻米上，夏夜晚風一陣陣吹拂進來，燻得昏昏欲睡，彷彿童年。小時候的夏天，每年總有幾個這樣的夜。窗外是呼風喚雨的颱風，吹斷幾棵行道樹、幾根電線桿，然後就停電了。我們全家躺在一個房裡，聊著聊著，就朦朧睡去了，最後一個思緒停在：明天要去看馬路做大水……

《紅樓夢》的結局很美：「落了片白茫茫大地真乾淨。」可還不是五蘊皆空，執著了「眼識」。或許，黑暗才是一切的答案——沒有東西南北，沒有高山低壑，沒有地獄天堂，只有自己之內的光，叮嚀前程。

幸好，我不怕黑。

八月二十五日

等待十年、繳費兩年，自來水終於來到鄉下的家，門口。再來，就是農夫的手路活。

我們先扛了一個兩噸白鐵大水塔回家，開始清洗。

「你進不去嗎？」農夫問。

「怎麼可能？我這麼大個。」

他讓我拿長刷子伸手進去洗。不想，鄰居走了過來。

「我看人家洗水塔都鑽進去，像在游泳，這樣才洗得乾淨。」

三人成虎，我決定試試看。頭進去，右肩，左肩，就真的進入水塔裡面了。

水塔裡共鳴好，處處都是「ＯＭ」，共振全身，以後有個冥想專用塔好像也不錯。

先用刷子、抹布，再用鋼刷，水塔就被洗得清潔溜溜。下午，農夫要開始接水管，然後我們就有自來水可以用了。

中年以後，竟然又找到另一個可以做的工作——在水塔裡冥想的清潔工。

九月二十九日

我愛唱歌，也愛旅行，更幻想有天在異國街道賣藝。學過吉他，手指怕疼；學過二胡，琴音太苦；烏克麗麗輕巧快樂，應該很適合。

我的老師是一起練習瑜伽的小兄弟，我們交換才藝，第一堂課，我就佩服得五體投地。「我以前學吉他時，問任何問題，老師都說先會彈就好，其他的以後再說。」小兄弟說：「開始教課以後，我立志要回答學生所有問題。不會的，我回家找資料，下次再告訴你。」

偏偏，我是個一直有問題的學生，老師就知無不言、言無不盡地回答。

原來，和弦就是和聲，我一直對和聲有興趣，練好琴或許就有機會學和聲了。原來，絕對音感不見得是好事，他們容不下任何走音，聆聽變成不簡單的事。

老師要我每天練習十分鐘，琴就跟著我到處跑，東區、三峽、鄉下。

昨天練習完，彈了「耶誕鈴聲」給農夫聽……

「這……」他表情扭曲。「這離別人願意丟錢給你還很遠……」

沒禮貌，我才上第一堂課耶。

下次在異鄉看到我，請丟錢給我。至少，我會演唱台語歌，看在母語份上，拜託了。

十月六日

囤墾十年，田裡還是有許多我做不來的事。比如耕耘機，還有割草機——前者因為振動，後者因為殺傷力。所以，農夫每次使用，我每次歎為觀止；彷彿有人使出了六脈神劍，旁人丈二金剛摸不著頭腦。

又到了秋日種菜時節，農夫揹起割草機，還把牛筋換成刀片，在雜草比人高的田裡廝殺。我則負責善後，用豬八戒的耙子把割倒的草拉到一邊。忽然，割草機停了下來，農夫愣愣地抬頭看我，頭上沒帽子、沒眼鏡了。我趕緊跑近，才知道風把帽子吹起來，耳邊繩子順風帶起眼鏡，一起落進割草機的刀片之下……

電光石火，鏡片碎了，框也成了雜草，被割斷了。

農夫毫髮無傷，心也無傷，笑笑地回家拿備用眼鏡，準備繼續廝殺。我則站在豔陽高照的田裡，看著倒在田裡的割草機，壓根不想靠近這玩意。

每個人有自己的份兒，不是不能跨越，但心理素質得更強韌才行。

十月十三日

Banana 這週要過十五歲生日了，依然像個玩不膩的孩子，好奇探索這世界。

發現攜帶惡性腫瘤後，四個月來，她的生活沒有太大變化，還是愛玩、愛睡、愛抱抱。醫生告知的臨床餘命眼看要過半了，也會忍不住想：是不是報告出了錯？還是她找草藥治癒自己了？

但，都不需要答案。她開心快樂，就是一切的答案。

親愛的 **nana**，生日快樂，願妳的每一天，都有朗朗的光，都有無盡的笑容。

十月二十日

善良，是我判斷一個人是否值得信賴的標準。

善良不是沒有謀略，否則接近蠢；而是即使使上計謀，也有惻隱之心，不逾越界線、傷害別人，特別是少數人。

「聞其言」是知曉對方是否善良的第一步。語言是縱橫的星子，一顆閃亮不是閃亮，每顆星星都恰到好處、織成錦緞，才叫星空。

「觀其行」是第二步。跟著星子航行，才會去抵目的地；那些胡謅亂說的，終會因為言行不一而漏餡。

十月二十七日

吃飯時候，聊到公主議題，一位朋友指了指我。

「我覺得你很公主，文字柔柔的。」她說。

花了一些氣力解釋，與其說我像公主，不如說是……黑魔女（？）。

低頭想想，別人怎麼看又何須辯駁？人家開心就好，於我無差，我就是我自己呀。

抬頭一看，作東好友端來剛出爐的鵝肝蒸蛋，現刨了新鮮白松露一片片飄落其上，香味四溢，浮誇又真實。

對耶，我真的是公主。身邊有這麼多好朋友圍繞，有人餵養食物，有人餵養知識；有人分享夢想，有人支持夢想。這不是公主，什麼才是？

被愛環抱，即是公主。

十一月二日

從前聽到住山上的朋友為了壁爐，颱風過後滿山找柴，覺得不可思議。鄉居之後，我們竟也成了「逐木之夫」。

農夫發現最近路樹被修剪後，全倒到溪邊，見獵心喜；便帶了電鋸，要我一起去搬柴。

他先攀過堤防，邊鋸粗幹邊丟給我，我再一堆堆放在路邊等著搬上車。午後陽光剛好灑在飛揚木屑上，我心想：這樣的週末好尋常也好異常。

木材載回家，還要曬上一年，否則煙大容易燻屋子；今年的柴火，前兩年就備好了，我們比松鼠更會存糧過冬。

然後開始等待，今年的第一盆火。

十一月九日

幾週前，農夫回家時，喚我去看車子。車底下，一個大白貓折了手、瞇了眼，閒適悠哉。

上週五晚上，農夫發現大白坐在落地窗前，如一個招財貓，看著我倆在家中亮著燈的生活。

這太不尋常了。我們這裡的貓，都怕人得緊；他們比較像石虎，狩獵過活，人類是極大的威脅。

而大白，就端坐在黑暗裡凝望我們，如埃及圖騰。

我們知道，這孩子需要幫忙。農夫拿了 nana 飼料放在窗台，不一會兒，大白來了，肆無忌憚、大口大聲吃著，農夫還可以隔著紗窗靠近。

「她懷孕了。」農夫發現。

原來，大白是媽媽了，她可能無力狩獵，又觀察出我們不是壞人，請我們給予一隻手。

大廚好友知道了，深夜騎車送貓糧給二位仙女；第二天，仙女們捧著貓糧翩然降臨。

除了貓糧，我們再添加 nana 的鮮食丸子，希望替大白補補身子。和她之間也有了默契，nana 吃飽、鸚鵡喝完奶，院子熄燈了，她才被供餐。先來後到，很重要。

大白也安分守己，不打擾院子裡的 nana 老奶奶、兩對鸚鵡，她在他們看不到的落地窗與窗台活動。白天看不到影子，晚上才來吃飯。

只是，三天之後，大白失約了。或許孩子來了吧，我們想著。但連續三晚都沒來，就有些擔憂了。農夫晚上做了夢，夢見大白瘸了後腿，努力跳上窗台赴約。

我想，大白是來道別的。她不會來了。

「野生動物嘛，有他們的生活方式。」農夫豁達地說：「生命有自己的出路。」

窗台上，還是放著貓糧，誰來都好，需要的自取吧。

而，這就是豢養。我們被豢養了。

十一月十日

我們居住的小縱谷，一天只有三班公車。從前沒開車時，我搭過一位大叔便車，一直想找機會報答別人給過的恩情。

只是，路上行走的不是女孩（會怕怪叔叔），就是老人家（往往只說客語），不然就是步行旅人（背包上寫了「環島中」），都沒遇到合適人選。

這天，終於看到一個大學生模樣男孩站在路旁。我趕緊把前座包包丟去後座，再調車迴轉，停在他身邊。

「要去哪裡？我載你。」不無意氣風發地搖下車窗。

男孩愣了愣，上半身探進車內，前看看、後看看，驚恐地縮回自己身子，雙手交叉胸前。

「沒、沒關係。公車應該快來了。」聲音裡有警戒。

「我……」還想再說什麼，也覺得不適當了。「好喔，祝福你。」

車子一開，兀自笑了起來，我的善意被拒絕了。但沒關係，要繼續把別人給過的善意傳遞出去，這社會才會愈來愈良善。

大男孩，如果你不小心看到這篇，又記起了銀色車子、紫色頭髮的怪怕怕，請相信我們都是好人，下次重逢，可以好好考慮搭我便車喔（手比愛心）。

十一月三十日

我的一年，常常不是從一月開始，而是十二月。

去年十一月，東區的家變身完成，十二月開始三窟新生活。今年十二月，結束合作關係，東區的家要找新伙伴，開始另一種家族生活。

日久見人心，是真的。外面的人心有太多層次，自己的人心也有太多不自知，內外交相賊，成為江湖。人生都只是一程相伴。雨來了，撐把傘；風來了，散佚吧。然後雨又下了，然後風又吹了……

我回到二十歲時，在東區的第一個房間，垂吊了燈，漆成綠色。這從來都是我一個人的、自己的房間，躺下來仰望斜屋頂，依然看見，二十歲的天空。

十二月七日

當朋友曬出一張又一張賞芒花照片，我們也和菅芒在一起——只是，我們在消滅他們。

茶花園荒廢一會兒，就被芒草占領了；於是開了花，於是更多芒草，許多茶花盆裡，芒草更盛茶花。

「今年來綁掃把好了。」農夫說。

砍了芒草花，曬乾了好幾週，然後用梳子梳下花穗。

再來呢？還不知道，我們仍停在梳理階段。漫天飛舞啊，如雪一般，但會打噴嚏。

「你小時候沒有用過這種掃把嗎？」農夫問。

「不好意思，我小學家裡就用吸塵器了。」

人各有命。畢竟，人家賞芒花我們梳花穗呀。

十二月十五日

這週和朋友見面，話題還是停在菅芒掃把。

「不會邊掃邊掉花穗嗎？」「掃把好用嗎？」「誰用過這種掃把？」

只要有時間，做這種掃把其實不難，最麻煩的就是梳掉花穗。

我們先用竹竿捶打，大約可以除去七成；然後用梳子梳，就好像要把滿是頭皮屑的油頭梳開，讓頭髮輕盈蓬鬆。

拉去芒花枝椏，將芒花一根根理好；再一小把一小把用紅尼龍繩綁起來，剪去其中三分之一花稈，然後幾把束在一起，就成為掃把。若用麻繩來綁，真的就是可以還諸天地的環保工具了。

十二月二十二日

昨天參加了一場仙氣飄飄的婚禮派對——彷如吳哥窟的斷垣殘壁爬滿綠意，烤全豬、棉花糖、摺氣球、客家麻糬、甜點、生菜此起彼落，人客走入了夢境。

這是我們忘年之交，臉貓女孩的好日子。她陪伴農夫和我建立並護守鄉下的家，永遠把別人想在自己前面，永遠讓我窺見台灣年輕一代的希望。

先生是幫我們規畫院子的建築師，從約會到登堂入室，好多場景也都發生在鄉下的家。這樣一對小夫妻，我們多想把一切都和他們分享。

從知道有婚禮派對那一刻，農夫就為他們種植生菜，因為新娘喜歡青菜包肉。昨天一早，農夫摘了生菜，我們一葉葉清洗，再折了月桃葉做裝飾，兩人笑說這是「嫁妝」——人家是女兒紅，我們是女兒菜。

我則跟隨新人規畫婚禮，聯繫家長群共襄盛舉、請 LED CEO 好友贊助燈串、神祕大咖準備新娘給新郎的神祕影片，然後協助派對主持。

這樣一場夢幻婚禮，不花錢租場地也不收禮金，牆上掛著彩虹旗和婚姻平權旗，賓客自備餐具或雙手萬能，播放音樂是新人每年自選輯。

我最愛的一刻，是新娘交捧花。原本沒有捧花的，可新娘子好期待盼自己的妹妹可以獲得祝福，準備了捧花，親手交給了妹妹。瞬間，歡顏有了滋潤，每滴眼淚都是愛。

好棒的婚禮，參與的人都獲得勇氣與祝福，一定要幸福也一定會幸福的！畢竟，農夫扛了一隻豬腿和兩片豬耳朵回家了……

十二月三十一日

二〇一九年最後一天，信義區人潮溢滿沸騰，我在餐廳裡看著攜家帶眷、心滿意足的客人，也覺得幸福了起來。

好朋友特別來找我，送來新年禮物，匆匆一面，卻被充飽了電。

和今年最照顧我的伙伴道別之後，開車回鄉下。農夫正在綁掃把，收拾收拾，兩人進屋裡烤火。

這一年最感謝的，是nana。去年底她差一步離開，又多陪了我們一整年，還是愛撒嬌、散步、吃自家生菜。她的不懼明天，正是我要學習的。

不論今年過得怎樣，一切都要歸零了。二〇二〇年，願我們心中，都有朗朗陽光。

二〇二〇——在局限與自由之間

一月五日

本日工作：整理茶花園大樹，拉掉攀附的藤蔓野草。

「為什麼這棵羅漢松下面生了那麼多小苗，其他棵沒有？」我問農夫。

「這棵是母的。」

「什麼？那她自己就可以生小孩？」

「旁邊有公的。」

坐在樹下，想到他們站立不動、靜靜交配，就覺得那畫面好美。

妳開花了？好，等等我，願我的花粉飄到妳的花心，就能懷著上羅漢果了。

咦？隔壁老王怎麼也開花了……妳確定，這孩子是我的？

秋天的勞動綺想……啊，已是冬天了。

一月十八日

一開始，是我喜歡鹿角蕨——葉脈盛開如花，姿態萬千又地久天長，恰好立在陽剛和陰柔之間。最久的一棵，跟了我們將近十年，已然伸展成一顆蕨球。

農夫因為我，也走入這個世界，只是，他用彗星撞地球的方式上癮著迷；加上近年鹿角蕨站在浪頭上，更是推波助瀾了他的蒐集癖。

最近，我們的對話都是這樣——

「我這星期又買了幾棵蕨，跟你說一聲。」

「不是各種品項都有了嗎？」

「這不一樣，是捲捲鹿和爪哇混播。」

「！%＄？&＃」

「我去木材工廠找到很多龍眼木、樟木可以綁鹿角蕨。」

「&＃＄！？%」

「泰國都用椰塊培育，我已經買來試試看了。」

「＃&＄？%！」

於是，大樹下、圍牆上，長出了各式各樣、形態迥異的鹿角蕨，比我們去過的苗圃還要熾熱。

「那是因為你沒去過培育家的祕密基地啦。」農夫辯稱。

我常用自己小小的物質欲望對比他的，確認自己不忮不求，然後心安。只是，這次始作俑者是我，又該怎麼想啊？

嫦娥應悔偷靈藥，碧海青天夜夜心。

一月二十三日

放假第一天，朋友們在院子裡削皮剝絲做蘿蔔糕，我在屋裡煮芋頭備料，突然聽見「碰」一聲，轉頭看，漫天羽毛紛飛。

「天使來了嗎？」

走近一看，鳥兒直撞落地窗，跌在緣側頭下尾上。他顯然受了驚嚇，好不容易站起來，嘴開開、眼球快速轉動、不停顫抖。

我們看了看他，給予靜默、祝福和安撫，然後又各忙各的。

過了一會兒，我再走近，牠可以聚焦看我了。下一秒一個展翅，往山上飛去了。

這樣很好，難免風浪，然後又找回方向。假期啟始的這一刻，鳥兒為我示現，善美如詩。

一二三，自由日，願我們都在局限與自由之間，平衡安住。

一月二十四日

過年之前，幫 **nana** 理毛洗澡，也是一種儀式。

從 **nana** 到我們家開始，十五年來，這些事不假外求——擔心環境陌生、烘乾太吵、外人不如我們一般捧她在手心。

Brownie 還在的時候，這是大工程，又剪又洗又吹，往往花上半天。現在只有 **nana**，農夫負責修剪理毛，我負責洗澡吹毛，一小時就完成了。

只是，**nana** 愈老愈撒嬌，洗完澡要散步，散完步要進到屋裡、抱在腿上。很想問老奶奶：是不是憶起台北在我腿上成長的童年？

時光流淌，歲月悠悠，人間美好都在這些小事裡面。

三月一日

離開雪梨公寓之前，陽光強烈地照進來，照亮了一切。而佛，笑著。

十年前造訪澳洲之後，就想帶全家同遊，這願望成真了。自己想換一個方式體會異鄉，居遊雪梨也實現了。

挑選 Airbnb 時，除了看設計風格，我也會留意和屋主有沒有共同喜好，比如酒款或家具。這屋主，則是因為牆上世界地圖（有台灣），還有佛頭。

我的早課晚課，便面向窗、傍著佛。

我喜歡澳洲人獨有的口頭禪——「No Worries.」「All Good.」聽起來好讓人心安。

將來回憶起這段日子，除了日日瑜伽服、人字拖，還希望有這兩句持咒——免驚。攏好。

後記

總有剛剛好的光，照著剛剛好的你

十年沒出書了，這十年，我寫的是臉書。

二〇一〇年九月二十七日，姪女祈臻在三軍總醫院出生，早產的她住在保溫箱長達兩個半月。我暫停所有工作，每天早上送新鮮母奶到嬰兒加護病房給她。同時間，我們開始擘畫未來的鄉居。三總是嚴謹的軍醫院，當時沒有無線網路，促使我走進 iPhone 的世界，用智慧型手機記事，也與外界取得聯繫。而我也開始使用社群媒體，一開始並用噗浪，後來全部彙集到臉書，我把這些紀錄當成日記，像是一個人的吟唱。

不想，朋友們的回饋愈來愈多，真的成就一張人際網絡，而網絡主軸，就是這塊土地、我們的鄉居生活。我也養成習慣，週末固定一天一篇，假日和旅途就多寫一些，成為一種編織。

這些編織確實有些堅持。

首先，所有篇章都是用 iPhone 一筆一畫寫下來，再搭配手機拍攝照片而成。田埂邊、草叢裡，一對蝴蝶、一群花朵，彷彿撐起一把陽傘遠離當下，反芻情緒感受與經驗，吐成文字。

再者，這些文字希望可以趨光。網路時代，不一定什麼人看到這些勞動後的解放，更要小心謹慎；我信仰光，每個文思盡量有光明。

就這樣吐絲編織超過十年，直到梓評出現。

和梓評相識超過二十年，他是我最心儀的中生代作家。不只文字足以承擔時代，個性裡更有一種溫柔與成全。我們會在瑜伽課後一起吃便當聊天。有一回，我提到便當小隊應該一起做些什麼，梓評便問：「那為什麼不是你的書？」

起頭的人，沒想過反作用力會在自己身上。梓評和我，開始剪貼作業線——這些都是網路文字，從來沒有留存底稿，一則則從臉書複製貼上，無論我在台北、三峽、新竹或是雪梨。所有文字剪貼完成，四十萬字，好囉哩叭唆的十年。

梓評擔當主編工作，把四十萬字整併成十二萬字，並給了這本書名字：種日子的人。沒有梓評，沒有這本書。深深感謝。

這本書的推薦人除了吳晟之外，都是我的臉書朋友，他們在這十年某些段落裡，輝映我的鄉居。我寫過吳晟老師人物專訪，老師看完之後，竟然打電話鼓勵我出書，真是寫作以來最榮幸的事。有吳晟老師的推薦，彷彿定心丸。

珠兒也是我採訪過的文學大家，後來成了臉友。她親暱喚我「柚子」，在我最低潮的時候為我打氣，她的推薦是一枚太陽，鼓舞整個編輯團隊。

曼娟老師看著我長大，也照耀我的成長與職涯。老師從成書之初就開始追著我們彷彿追劇，她是月光，在夜空裡映照著人間美好的線條。

康永哥是台北之音的同事，無論廣播或人生，都給予我方向。他在性別與創作上的勇敢，更為我們這代人立下「有為者當如是」的典範。

季然則是青梅竹馬，更是便當小隊的一員。他是第一個聽聞書名的密友，也被我們囊括進了諮詢團隊，這本書有他才算完整。

陳雨航（航叔）從我走進出版業便守護著我，他一手打造麥田出版，選擇急流勇退，更是我的人生榜樣。航叔讀完十二萬字，拉出梗幹寫成序，這本書才像被打開香檳，下水航行。

後來，Banana 還是離開了，二〇〇四年十月十五日—二〇二〇年九月十二日。沒有遺憾，萬般慈悲，她領我目睹生命輕推旋轉門，航向永恆。她和 Brownie 也是這書要角，他們盈滿我十年臉書與青春記憶，從此棲息在我心上了。

人生沒有簡單也沒有不簡單，除非先有了臆想。我們都要練習為自己舒張地活著，而不是活著別人要的生活；我期許自己如此，也給予身邊的人與動物這樣的自由。他者即是上師，一花一草、一人一狗都是如此。

這是一本善意之書。我們對土地、對世界保持善意，也會被回予善意。希望能召喚更多人拿農業當未來——相較於都會薪資與花銷，走精緻農業不見得不能獲得更豐厚的回報。

這是一本療癒之書。nana 離開之後，我也被某些段落安撫了，願每個翻閱的人都獲得了擁抱，願意相信：總有剛剛好的光，照著剛剛好的你。

此書於我，確實如是。

種日子的人

鄉居十年，手機和鋤頭並用的有機書寫

作者	陳慶祐
選書	孫梓評
編輯團隊	
美術設計	Rika Su
責任編輯	何韋毅
特約主編	孫梓評
總編輯	陳慶祐
行銷團隊	
行銷企畫	林瑀、劉育秀
行銷統籌	駱漢琦
業務發行	邱紹溢
出版	一葦文思／漫遊者文化事業股份有限公司
地址	台北市松山區復興北路331號4樓
電話	（02）2715-2022
傳真	（02）2715-2021
讀者服務信箱	service@azothbooks.com
漫遊者書店	www.azothbooks.com
漫遊者臉書	www.facebook.com/azothbooks.read
一葦文思臉書	www.facebook.com/GateBooks.TW
劃撥帳號	50022001
戶名	漫遊者文化事業股份有限公司
發行	大雁文化事業股份有限公司
地址	台北市松山區復興北路333號11樓之4
初版一刷	2020年11月
定價	台幣450元
ISBN	978-986-99612-0-2

國家圖書館出版品預行編目（CIP）資料

種日子的人：鄉居十年，手機和鋤頭並用的有機書寫／陳慶祐著. -- 初版. -- 臺北市：一葦文思，漫遊者文化出版：大雁文化發行，2020.11

384面；17×23公分

ISBN 978-986-99612-0-2（平裝）

863.55　　109015401